快乐读书 爱上语文

彩绘版 无障碍阅读

王子与贫儿

〔美〕马克·吐温／著
林向楠／编译

天津出版传媒集团
百花文艺出版社

图书在版编目（CIP）数据

王子与贫儿 / (美) 马克·土温著；林向楠编译
. -- 天津：百花文艺出版社, 2015.5 (2024.4 重印)
ISBN 978-7-5306-6725-5

Ⅰ. ①王… Ⅱ. ①马… ②林… Ⅲ. ①长篇小说-美国-近代 Ⅳ. ①I712.44

中国版本图书馆 CIP 数据核字(2015)第 098787 号

王子与贫儿
WANGZI YU PINER
〔美〕马克·土温 著　林向楠 编译

出 版 人: 薛印胜
责任编辑: 魏　青
装帧设计: 文贤阁
封面设计: 宋双成
出版发行: 百花文艺出版社
地址: 天津市和平区西康路 35 号　**邮编:** 300051
电话传真: +86-22-23332651（发行部）
+86-22-23332656（总编室）
+86-22-23332478（邮购部）
网址: http://www.baihuawenyi.com
印刷: 天津泰宇印务有限公司
开本: 710 毫米×1000 毫米　1/16
字数: 172 千字
印张: 12
版次: 2015 年 5 月第 1 版
印次: 2024 年 4 月第 4 次印刷
定价: 29.80 元

如有印装质量问题，请与天津泰宇印务有限公司联系调换
地址：天津市宝坻区马家店工业区建铨道 3 号
电话：(022)59219088　邮编：301801

名人推荐

谢冕

1932年生，福建福州人，著名文艺评论家、诗人、作家，北京大学教授、博士研究生导师。曾任北京大学中国语言文学研究所所长，中国新诗研究所所长，《新诗评论》主编。现任中国作家协会全国委员会名誉委员，北京市作家协会名誉副主席，中国当代文学研究会副会长等。1980年他筹办并主持了全国唯一的诗歌理论刊物《诗探索》，并任该刊主编。同时，谢冕参与了北京大学中国当代文学学科建设，建立了该科第一个博士点，他也成为该校第一位指导当代文学的博士生导师。

著有《文学的绿色革命》《中国现代诗人论》《新世纪的太阳》《论二十世纪中国文学》《1898：百年忧患》等专著十余种，另有散文随笔《世纪留言》《流向远方的水》《永远的校园》等。主编《中国百年文学经典文库》（10卷）、《百年中国文学经典》（8卷）等。

推荐寄语

读书是一种接受前人智慧的方式。因为读书，文化得以传承和发扬。读书不仅于个人有益，也于社会发展和人类进步有益。

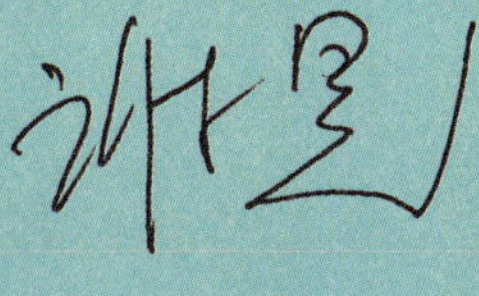

张梦阳 作家、学者，中国社会科学院文学研究所研究员，中国鲁迅研究会副会长。著有《鲁迅杂文研究六十年》（浙江文艺出版社 1986 年出版）、《阿 Q 新论——阿 Q 与世界文学中的精神典型问题》（陕西人民教育出版社 1996 年出版）、《鲁迅对中国人的思维批判》（东方出版社 2011 年出版）等。作品曾获中国社会科学院优秀科研成果奖，其鲁迅研究书系获 1997 年国家图书奖提名奖。

祝晓风 中国社会科学院文学研究所编审，中华文学史料学学会近现代史料学分会副会长，南开大学教授，文学博士。曾任光明日报社主任编辑，《中华读书报》编辑部主任，中国社会科学杂志社编审、编辑中心主任，《中国社会科学报》第一届编委，《中国社会科学报》常务副主任。著有《读书无新闻》（东方出版社 2006 年出版）、《有声与无声之间》（中国社会科学出版社 2011 年出版）等。

刘培 山东大学文史哲编辑部教授、博士生导师，文学博士。2002 ~ 2004 年在南京师范大学博士后流动站工作。2009 年入选教育部新世纪优秀人才支持计划。著有《北宋辞赋研究》（山东人民出版社 2009 年出版）。在《文学评论》《文学遗产》《文艺研究》《北京大学学报》《南开学报》《四川大学学报》《江海学刊》等学术期刊发表论文 50 余篇。

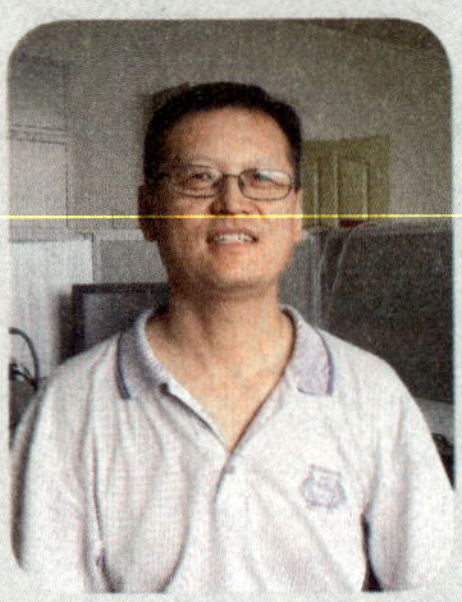

杜语 线装书局出版中心副主任、第一编辑室主任、副编审、历史学博士。于 2009 ~ 2010 年在美国克莱姆森大学中国研究中心做访问学者。著有《开埠史话》（社会科学文献出版社 2000 年出版）、《英雄论英雄》（中国城市出版社 2003 年出版）、《挑战千年变局》（中国社会科学出版社 2010 年出版）等。在《中国社会科学院研究生院学报》《中国教育报》《中国农民报》《中国改革报》《人民论坛》等报刊发表论文、通讯、高层访谈等数十篇。

专家编审团

杨东林 文学博士，深圳大学文学院党委书记、中文系副教授。主要从事中国古代文学和古代文论方面的教学研究，在《文学评论》《文史哲》等刊物发表学术论文多篇。

郭灿金 历史作家，文学博士，河南大学副编审。著有《中国人最易误解的文史常识》（中国书籍出版社 2006 年出版）、《大唐盛世最有争议的 30 个人》（中国书籍出版社 2008 年出版）、《郭灿金读史》（长江出版集团 2009 年出版）、《史记（注译）》（中州古籍出版社 2010 年出版）等。其中，《趣读史记》系列 2007 年多次进入新浪畅销书排行榜前十名；《中国人最易误解的文史常识》曾获由中国书刊发行业协会主办的“2007 年度全行业优秀畅销品种”称号。

宋永健 北京市海淀区语文骨干教师，首都师范大学第二附属中学教师。致力于中、高考研究和教育科学研究工作，所写教学案例、教学设计多次荣获市、区级奖励。

高凤香 陕西省杨凌中学高级语文教师，杨凌作家协会副主席，《杨凌文苑》杂志副主编。著有《新课程下创新教学探析》（万卷出版公司 2013 年出版）、《温一壶月光》（敦煌文艺出版社 2013 年出版）等。

XU YAN 序言

苏联教育家苏霍姆林斯基曾说过：“让孩子变聪明的方法，不是补课，不是增加作业量，而是阅读，阅读，再阅读。”

如果说文化是人类的一份精神遗产，那么阅读就是开启这份遗产的金钥匙。在这种美好的感情和这块灿烂的文明沃土上，优秀的文学名著传达着人类对生命、对历史、对未来的憧憬和思考，其闪耀的智慧穿越古今中外，经过岁月的磨砺，升华成今天的经典。阅读美好的有价值的文学名著，是了解社会、认知自我的有效途径。

让我们一起阅读《论语》《诗经》，阅读《红楼梦》，阅读《雾都孤儿》，阅读《安徒生童话》……日不间断，我们也许会因为书中一段华丽的诗句而激扬，也许会为某个主人公的坎坷遭遇而落泪……任思绪随着书中动人的故事飘飞。阅读的过程就是励志、炼心、启智的过程。水滴石穿，绳锯木断。天长日久，积累的是知识，培养的是情感，塑造的是品格，净化的是灵魂……

本套书考虑各年龄段读者诵读古诗文、现代文学作品，以及外国文学作品等的阅读习惯，设置了知识链接、专家解疑、智慧引路、名家导读、哲理名言、名师点拨、好词好句、阅读思考、名家品评、重点测试等栏目。全套书图文并茂，精美的彩色插图，令经典的情节完美呈现，让读者在阅读文字的同时，感受具体的情景描述，增加阅读的乐趣。

畅读经典文学名著，启迪智慧，唤醒心灵

知识链接

作品速览

本书主要讲述了两个社会地位截然相反的人物——小乞丐汤姆和英国王储爱德华·都铎之间的故事。贫穷的汤姆出生在贫民窟，每天不仅要因为吃饭的问题东奔西走，而且在家里还时常受到父亲的毒打，生活环境的恶劣让汤姆一直很渴望那种宫廷的生活。爱德华从生下来就是高贵的储君，享受宫里以及全国民众的爱戴，可是他厌倦了这种生活，他渴望有机会能够体验一下自由自在的宫外生活。

一次和汤姆的偶然相遇让爱德华认为有了这么一个绝佳的机会。当他们怀着新奇的心情把衣服对调了之后，就像神奇的魔法一样，之后发生的一连串的事情，还真的让这两位可爱的小男孩体验了一回对方的生活。可是，当他们终于摆脱这种不适应的生活之后，才慢慢地得到了一种心灵上的平静，一切回到正轨。

两个小男孩在身份对调的时间里，经历的那些事情并不是毫无用处的，恰恰相反，正是这段时间的经历给他们带来了一些人生观的启迪。它让王子开始同情下层民众，改善他们的生活，改革律法和政治。汤姆代理王位期间，那几个案子办得也是公正合理，增加了人民对于王室的信任。

·9·

知识链接

全面熟悉文学作品内容，快速掌握相关的文学文化常识。

名师点拨

优秀名师领航，荟萃知识要点，轻松掌握重点、难点。

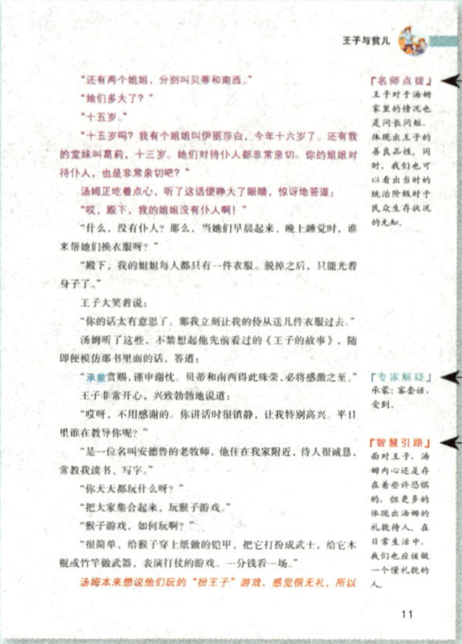
王子与贫儿

“还有两个姐姐，分别叫贝蒂和南西。”

“她们多大了？”

“十五岁。”

“十五岁吗？我有个姐姐叫伊丽莎白，今年十六岁了。还有我的堂妹叫葛莉，十三岁。她们对待仆人都非常亲切。你的姐姐对待仆人，也是非常亲切吧？”

汤姆正吃着点心，听了这话便睁大了眼睛，惊讶地答道：

“哎，殿下，我的姐姐没有仆人啊！”

“什么，没有仆人？那么，当她们早晨起来、晚上睡觉时，谁来帮她们换衣服呀？”

“殿下，我的姐姐每人都只有一件衣服。脱掉之后，只能光着身子了。”

王子大笑着说：

“你的话太有意思了。那我立刻让我的侍从送几件衣服过去。”

汤姆听了这些，不禁想起他先前看过的《王子的故事》，随即便模仿那书里面的话，答道：

“承蒙赏赐，谨申谢忱。贝蒂和南西得此殊荣，必将感激之至。”

王子非常开心，兴致勃勃地说道：

“哎呀，不用感谢的。你讲话时很悄静，让我特别高兴。平日里谁在教导你呢？”

“是一位名叫安德鲁的老牧师，他住在我家附近，待人很诚恳，常教我读书、写字。”

“你天天都玩什么呀？”

“把大家集合起来，玩猴子游戏。”

“猴子游戏，如何玩啊？”

“很简单，给猴子穿上纸做的铠甲，把它打扮成武士，给它木棍或竹竿做武器，表演打仗的游戏。一分钱看一场。”

汤姆本来想说他们玩的“扮王子”游戏，感觉很无礼，所以

「名师点拨」王子对于汤姆家里的情况也是问长问短，体现出王子的善良品性。同时，我们也可以看出当时的统治阶级对于民众生存状况的无知。

「专家解疑」承蒙：客套话，受到。

「智慧引路」面对王子，汤姆内心还是存在着些许恐惧的，但更多的体现出汤姆的礼貌待人。在日常生活中，我们也应该做一个懂礼貌的人。

11

智慧引路

开启智慧的大门，引领前行，深入思考。

名家导读

名家引路，撷取文章精华，提炼中心思想。

专家解疑

专家智慧解答，排难解疑，扫除阅读障碍。

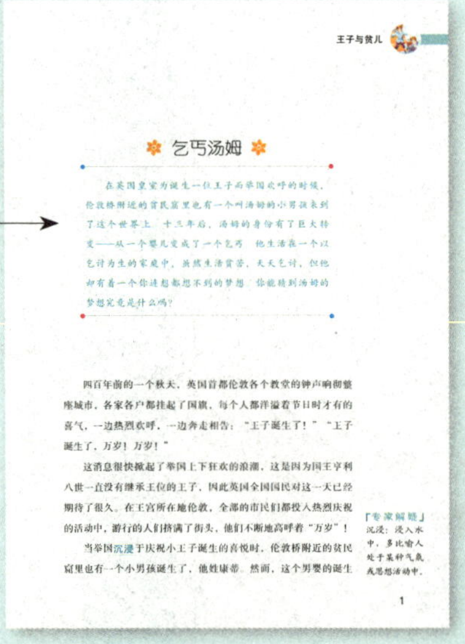
王子与贫儿

乞丐汤姆

在英国皇室为诞生一位王子而举国欢呼的时候，伦敦桥附近的贫民窟里也有一个叫汤姆的小男孩来到了这个世界上。十三年后，汤姆的身份有了巨大转变——从一个婴儿变成了一个乞丐。他生活在一个以乞讨为生的家庭中，虽然生活贫苦，天天乞讨，但他却有着一个他连想都想不到的梦想。你能猜到汤姆的梦想究竟是什么吗？

四百年前的一个秋天，英国首都伦敦各个教堂的钟声响彻整座城市，各家各户都挂起了国旗，每个人都洋溢着节日时才有的喜气，一边热烈欢呼，一边奔走相告：“王子诞生了！”“王子诞生了，万岁！万岁！”

这消息很快掀起了举国上下狂欢的浪潮，这是因为国王亨利八世一直没有继承王位的王子，因此英国全国国民对这一天已经期待了很久。在王宫所在地伦敦，全部的市民们都投入热烈庆祝的活动中，游行的人们挤满了街头，他们不断地高呼着“万岁”！

当举国沉浸于庆祝小王子诞生的喜悦时，伦敦桥附近的贫民窟里也有一个小男孩诞生了，他姓康蒂。然而，这个男婴的诞生

「专家解疑」沉浸：浸入水中，多比喻人处于某种气氛或思想活动中。

1

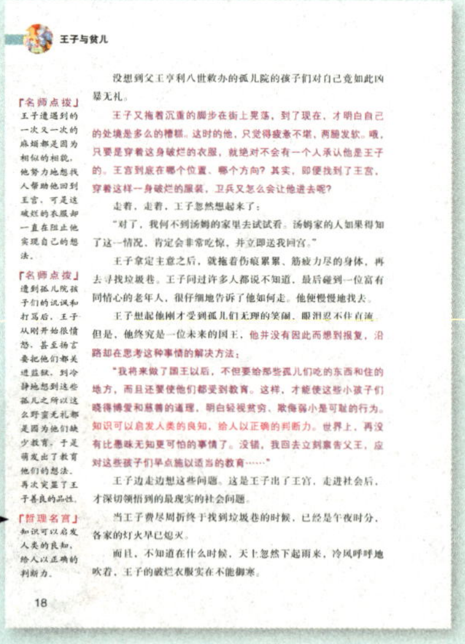
王子与贫儿

没想到父王亨利八世救办的孤儿院的孩子们对自己竟如此凶暴无礼。

王子又拖着沉重的脚步在街上晃荡，到了现在，才明白自己的处境是多么的糟糕。这时的他，只觉得疲惫不堪，两脚发软。唉，只要是穿着这身破烂的衣服，就绝对不会有一个人承认他是王子的。王宫到底在哪个位置，哪个方向？其实，即便找到了王宫，穿着这样一身破烂的服装，卫兵又怎么会让他进去呢？

走着，走着，王子忽然想起来了：

“对了，我何不到汤姆的家里去试试看。汤姆家的人如果得知了这一情况，肯定会非常吃惊，并立即送我回宫。”

王子拿定主意之后，就拖着伤痕累累、筋疲力尽的身体，再去寻找垃圾巷。王子问过许多人都说不知道，最后碰到一位富有同情心的老年人，很仔细地告诉了他如何走。他便慢慢地找去。

王子想起他刚才受到孤儿们无理的笑闹，眼泪忍不住直流。但是，他终究是一位未来的国王，他并没有因此而想到报复，沿路却在思考这种事情的解决方法：

“我将来做了国王以后，不但要给那些孤儿们吃的东西和住的地方，而且还要使他们都受到教育。这样，才能使这些小孩子们晓得博爱和慈善的道理，明白轻视贫穷、欺侮弱小是可耻的行为。知识可以启发人类的良知，给人以正确的判断力。世界上，再没有比愚昧无知更可怕的事情了。没错，我回去立刻禀告父王，应对这些孩子们早点施以适当的教育……”

王子边走边想这些问题。这是王子出了王宫，走进社会后，才深切领悟到的最现实的社会问题。

当王子费尽周折终于找到垃圾巷的时候，已经是午夜时分，各家的灯火早已熄灭。

而且，不知道在什么时候，天上忽然下起雨来，冷风呼呼地吹着，王子的破烂衣服实在不能御寒。

「名师点拨」王子遭遇到的一次又一次的磨难都是因为相似的相貌，他努力地想找人帮助他回到王宫，可是这破烂的衣服却一直在阻止他实现自己的想法。

「名师点拨」遭到孤儿院孩子们的讥讽和打骂后，王子从刚开始的很愤怒，甚至扬言要把他们都关进监狱，到冷静地思想到这些孤儿之所以这么野蛮无礼都是因为他们缺少教育，于是萌发出了教育他们的想法，再次突显了王子善良的品性。

「哲理名言」知识可以启发人类的良知，给人以正确的判断力。

18

哲理名言

一句名言可以影响人的一生。

轻松提升语文水平，素质阅读，拓展思维

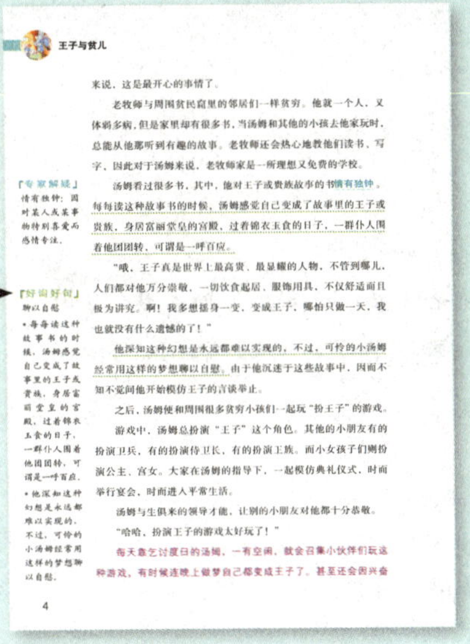

王子与贫儿

来说，这是最开心的事情了。

老牧师与周围贫民窟里的邻居们一样贫穷。他就一个人，又体弱多病，但是家里却有很多书，当汤姆和其他的小孩去他家玩时，总能从他那听到有趣的故事。老牧师还会热心地教他们读书、写字，因此对于汤姆来说，老牧师家是一所理想又免费的学校。

汤姆看过很多书，其中，他对王子或贵族故事的书情有独钟。每每读这种故事书的时候，汤姆感觉自己变成了故事里的王子或贵族，身居富丽堂皇的宫殿，过着锦衣玉食的日子，一群仆人围着他团团转，可谓是一呼百应。

“哦，王子真是世界上最高贵、最显耀的人物，不管到哪儿，人们都对他万分崇敬，一切饮食起居、服饰用具，不仅舒适而且极为讲究。啊！我多想摇身一变，变成王子，哪怕只做一天，我也就没有什么遗憾的了！”

他深知这种幻想是永远都难以实现的，不过，可怜的小汤姆经常用这样的梦想聊以自慰。由于他沉迷于这些故事中，因而不知不觉间他开始模仿王子的言谈举止。

之后，汤姆便和周围很多贫穷小孩们一起玩“扮王子”的游戏。

游戏中，汤姆总扮演“王子”这个角色。其他的小朋友有的扮演卫兵，有的扮演侍卫长，有的扮演王族。而小女孩子们则扮演公主、宫女。大家在汤姆的指导下，一起模仿典礼仪式，时而举行宴会，时而进入平常生活。

汤姆与生俱来的领导才能，让别的小朋友对他都十分恭敬。

“哈哈，扮演王子的游戏太好玩了！”

每天靠乞讨度日的汤姆，一有空闲，就会召集小伙伴们玩这种游戏，有时候连晚上做梦自己都变成王子了。甚至还会因兴奋

「专家解疑」

情有独钟：因对某人或某事物特别喜爱而感情专注。

「好词好句」

聊以自慰

•每每读这种故事书的时候，汤姆感觉自己变成了故事里的王子或贵族，身居富丽堂皇的宫殿，过着锦衣玉食的日子，一群仆人围着他团团转，可谓是一呼百应。

•他深知这种幻想是永远都难以实现的，不过，可怜的小汤姆经常用这样的梦想聊以自慰。

4

图文并茂

精美的彩色插图，令经典的情节完美呈现，让读者在阅读文字的同时，感受具体的情景描述，增加阅读的乐趣。

活很是自在。如今，您瞧，我已变成孤苦伶仃的一个人了，妻子儿女都死了。事情是这样的，家母为人十分贤惠，很懂得人情世故，每逢村子里有人生病的时候，人家总是请她去看护病人，她也借这个机会获得若干酬劳。有一次，有一家的病人死了，医生不知道他是为什么病死的，觉得很奇怪，就认为是被家母使用魔法害死的。可叹我那无辜的母亲，竟然被绑在民众面前处以烙刑，就这样活生生地给烙死了……老头子，您瞧，这就是现在的英国法律！这就是值得感谢的英国法律！所以，我在村子里住不下去了，就带老婆和两个小孩外出流浪。当然，除了讨饭以外没有别的办法。于是我们就挨家挨户地乞讨。哪知道国家法律规定，不管人民怎样，饿死都可

「名师点读」

这样的法律规定的确让人感到荒唐，这也从侧面显示出老国王的残酷和暴虐。

84

好词好句

内涵丰富的好词佳句，一扫平淡，扩大知识面，轻松掌握语文知识中字词句的要义。

阅读思考

根据内容提出探索性问题，强化对文章内容的理解。

重点测试

精选重点内容、核心试题，巩固阅读，考查阅读、分析、思考问题的能力。

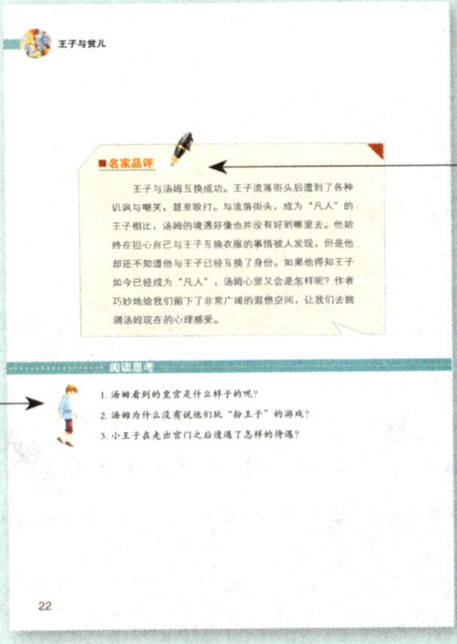

王子与贫儿

■名家品评

王子与汤姆互换成功。王子流落街头后遭到了各种讥讽与嘲笑，甚至殴打。与流落街头，成为“凡人”的王子相比，汤姆的境遇好像也并没有好到哪里去。他始终在担心自己与王子互换衣服的事情被人发现，但是他却还不知道他与王子已经互换了身份。如果他得知王子如今已经成为“凡人”，汤姆心里又会是怎样呢？作者巧妙地给我们留下了非常广阔的遐想空间，让我们去揣测汤姆现在的心理感受。

阅读思考

1. 汤姆看到的皇宫是什么样子的呢？
2. 汤姆为什么没有说他们玩“扮王子”的游戏？
3. 小王子在走出宫门之后遭遇了怎样的待遇？

22

名家品评

名家点评，深层解读，全面提升学生理解能力与思悟能力。

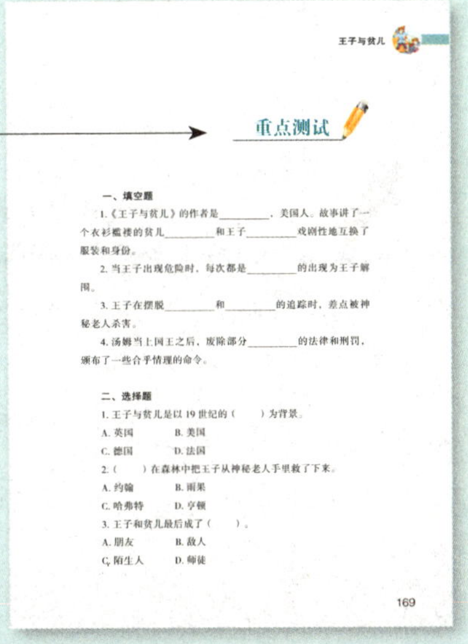

王子与贫儿

重点测试

一、填空题

1.《王子与贫儿》的作者是________，美国人。故事讲了一个衣衫褴褛的贫儿________和王子________戏剧性地互换了服装和身份。

2. 当王子出现危险时，每次都是________的出现为王子解围。

3. 王子在摆脱________和________的追踪时，差点被神秘老人杀害。

4. 汤姆当上国王之后，废除部分________的法律和刑罚，颁布了一些合乎情理的命令。

二、选择题

1. 王子与贫儿是以19世纪的（　　）为背景。

A. 英国　　B. 美国

C. 德国　　D. 法国

2.（　　）在森林中把王子从神秘老人手里救了下来。

A. 约翰　　B. 雨果

C. 哈弗特　　D. 亨顿

3. 王子和贫儿最后成了（　　）。

A. 朋友　　B. 敌人

C. 陌生人　　D. 师徒

169

本书文学地位

它是那个世纪伟大的文学著作之一。

——美国传记作家　迈克尔·谢尔顿

相比于其他的经典小说，《王子与贫儿》的叙述更加出色，并且以儿童作为主角，还有扣人心弦的故事情节等。

——英国学者　卡洛琳·费伦

比起马克·吐温的其他作品，这部作品中蕴含的狡黠的智慧和幽默，明显被低估了。

——英国评论家　詹姆斯·卡伦

《王子与贫儿》无论是大人还是孩子都从中获得相同的乐趣。

——美国自由撰稿人　肯特·拉斯姆森

《王子与贫儿》明显地激起了孩子们对于近现代文学的兴趣。

——美国文学评论家　克利斯·威尔逊

作品速览

本书主要讲述了两个社会地位截然相反的人物——小乞丐汤姆和英国王储爱德华·都铎之间的故事。贫穷的汤姆出生在贫民窟，每天不仅要因为吃饭的问题东奔西走，而且在家里还时常受到父亲的毒打，生活环境的恶劣让汤姆一直很渴望那种宫廷的生活；爱德华从生下来就是高贵的储君，享受宫里以及全国民众的爱戴，可是他厌倦了这种生活，他渴望有机会能够体验一下自由自在的宫外生活。

一次和汤姆的偶然相遇让爱德华认为有了这么一个绝佳的机会。当他们怀着新奇的心情把衣服对调了之后，就像神奇的魔法一样，之后发生的一连串的事情，还真的让这两位可爱的小男孩体验了一回对方的生活。可是，当他们终于摆脱这种不适应的生活之后，才慢慢地得到了一种心灵上的平静，一切回到正轨。

两个小男孩在身份对调的时间里，经历的那些事情并不是毫无用处的，恰恰相反，正是这段时间的经历给他们带来了一些人生观的启迪。它让王子开始同情下层民众，改善他们的生活，改革律法和政治。汤姆代理王位期间，那几个案子办得也是公正合理，增加了人民对于王室的信任。

作者简介

马克·吐温于1835年11月30日，出生在美国密苏里州佛罗里达。他是家中七个小孩中的第六个，他只有两个兄弟姊妹童年后幸存下来。

马克·吐温幼时家境贫困，父亲是当地的律师，收入微薄。12岁时，他因父亲去世辍学，开始到印刷所当学徒，稍大一点便外出找活干。21岁时，他对轮船上的领港员生活发生了极大兴趣，决定拜师学艺。密西西比河上四年领港生活使他熟悉了各式各样的人。这一段经历为他今后的创作提供了许多素材。1861年，南北战争爆发，他随哥哥去内华达，先卷入找矿热潮，后去报馆工作，从此开始创作生涯。

19世纪60~70年代，马克·吐温发表幽默短篇共70篇，其中多数为小品类。它们的主要特色是极度夸张、幽默、滑稽。主人公往往天真老实，思想单纯，有一套先入为主的想法，结果处处碰壁。其成名作《卡拉维拉斯县著名的跳蛙》和名篇《竞选州长》《神秘的访问》都是这时写的。

60年代末，马克·吐温到了东部，发表了《傻子出国记》《过苦日子》《镀金时代》三部长篇作品。

70年代初，马克·吐温同一位富商的女儿奥利薇亚·兰登结婚，定居在马萨诸塞州的哈特福德。《汤姆·索亚历险记》《在密西西比河上》《哈克贝利·费恩历险记》就是在这段稳定的生活期间写的。

80年代后期开始，马克·吐温的作品有：《亚瑟王朝廷上的康涅狄格州的美国人》《傻瓜威尔逊》《冉·达克》《败坏了赫德莱堡的人》。

1900年，马克·吐温回国。这一时期的代表作品是长篇小说《赤道环游记》。

20世纪初，马克·吐温发表了一系列反帝政论：《使用私刑的合众国》《给生在黑暗中的人》《为芬斯顿将军辩护》《战争祈祷》等。在《什么是人》《第44号，神秘的陌生人》等作品中还流露出人生如梦的悲观情绪。

马克·吐温于1910年4月21日因狭心症不治逝世，享年75岁，安葬于纽约州艾玛拉。

创作背景

本书以16世纪英国的都铎王朝时期为历史背景，描写了一个贫穷的小乞丐汤姆和王子爱德华因为互换衣服，而引起的彼此身份、地位翻天覆地变化的故事。

从小说中可以看出，当时英国民众在都铎王朝治理下的生活情境。下层人民生活困苦，几乎谋不到什么可以依赖的职业养活自己和家庭，但是当他们绝望得只能去乞讨的时候，又被卫兵和警察所驱赶，连这样一个求生的手段都被无情地剥夺了，不能不说是一种悲惨生活。而英国的上层社会同样也是充满了阴森恐怖的气氛，亨利八世脾气暴躁、独断专行，一旦碰到什么让他看不顺眼的事情就要发作，看到不顺从他的人也要铲除。诺福克公爵就是这样一个活生生的例子。上层社会对国王唯唯诺诺，伴君如伴虎，下层民众贫苦不堪，可以说整个国家都处在一种冷如寒冬的氛围之中。

虽然小说的选材是16世纪的英国，众所周知，英国在17世纪中叶开始资产阶级革命，而16世纪则是英国皇权专制的巅峰期。和一些国家的类似时期不同，英国即使在王权达到巅峰的时代，人民的生活也一样处于水深火热中。都铎王朝时期的君主又普遍比较短命，国家频繁地更换君主，使得政治环境不稳定，各种党派钩心斗角，这可以说是英国历史上比较黑暗的一个年代了。

主角秀场

● **爱德华**

他是王子，这个故事的主人公之一。他与一个乞丐少年不仅同年同月同日生，就连面貌也极为相似，这实在是一种难得的巧合。一天，在爱德华王子散步的时候，忽然发现一个卫兵正在怒责一个衣衫褴褛的小乞丐，出于同情心，他将这个少年带到王宫里，不料却引发一连串意想不到的事情，险些让他丧失英国王位的继承权。然而，正是因为这一遭遇，他才有机会深入民间，体察百姓疾苦，为他以后很好地治理国家奠定了基础，后来他成了人民爱戴的国王。

● **汤姆**

他是一个生活在英国伦敦贫民窟里的小乞丐。虽然穷苦，汤姆却是一个心地善良、纯洁的孩子。一有空，他就会跑到附近老牧师安德鲁先生家，去学习读书、写字，这是他最喜欢干的事儿。牧师家的书架上，有关王子和贵族生活类的书籍尤其吸引他的目光，他还经常和周围的孩子们玩“扮王子”的游戏。一天，汤姆路过王宫前面的时候，凑巧从大门的铁栏杆间看到宫苑里面的世界，但他却被卫兵发现，受到了严厉的斥责，也就是在这时候他遇见了王子。通过一次偶然的交换，汤姆出乎意料地取代了爱德华的地位，摇身一变成为英国的王子。在加冕时，爱德华回宫，汤姆马上将王服还给他。之后，汤姆就被留在了王宫里，成了新王爱德华的顾问。

● **麦尔斯·亨顿**

他因受到弟弟修·亨顿的诬告，被父亲赶出家门，只好逃亡国外。在国外战争中，他参加了某国义勇军，奔赴疆场，却不幸被俘，关进监牢。之后，他越狱成功，逃出监牢，回到英国。一个偶然的机会，他在伦敦市政厅前救了被误认为是乞丐的爱德华王子。从此，他就时时在爱德华身边保护着这位乞丐王子，与爱德华算得上是患难之交。

作品影响

马克·吐温是美国批判现实主义文学的奠基人，他的主要作品已大多有中文译本。他经历了美国从初期资本主义到帝国主义的发展过程，其思想和创作也表现为从轻快调笑到辛辣讽刺再到悲观厌世的发展阶段，前期以辛辣的讽刺见长，到了后期语言更为暴露激烈。被誉为“美国文学史上的林肯”。

目录

Contents

乞丐汤姆

在英国皇室为诞生一位王子而举国欢呼的时候，伦敦桥附近的贫民窟里也有一个叫汤姆的小男孩来到了这个世界上。十三年后，汤姆的身份有了巨大转变——从一个婴儿变成了一个乞丐。他生活在一个以乞讨为生的家庭中，虽然生活贫苦，天天乞讨，但他却有着一个你连想都想不到的梦想。你能猜到汤姆的梦想究竟是什么吗？

四百年前的一个秋天，英国首都伦敦各个教堂的钟声响彻整座城市，各家各户都挂起了国旗，每个人都洋溢着节日时才有的喜气，一边热烈欢呼，一边奔走相告："王子诞生了！""王子诞生了，万岁！万岁！"

这消息很快掀起了举国上下狂欢的浪潮，这是因为国王亨利八世一直没有继承王位的王子，因此英国全国国民对这一天已经期待了很久。在王宫所在地伦敦，全部的市民们都投入热烈庆祝的活动中，游行的人们挤满了街头，他们不断地高呼着"万岁"！

当举国沉浸于庆祝小王子诞生的喜悦时，伦敦桥附近的贫民窟里也有一个小男孩诞生了，他姓康蒂。然而，这个男婴的诞生

「专家解疑」
沉浸：浸入水中，多比喻人处于某种气氛或思想活动中。

「名师点拨」虽然两个少年是同年同月同日生，可是人生的境遇却有着巨大的差别。他们一个贵为王子，享受国民的爱戴，人民为他的出生而欢呼；另一个只是贫苦人家的孩子，他的出生默默无闻，他的生活从一开始就充满了艰辛。

却没有得到一个人的庆祝，既没有人为他张灯结彩，也没有人向他道贺。这是因为他家太穷了，父母、姐姐都是流落街头的乞丐。

不久，新诞生的王子取名为爱德华，被包裹在绸缎的襁褓中，在金碧辉煌的王宫中沉睡着；而和他同年同月同日生的贫儿，则取名汤姆，被裹在破旧布片里，在摇摇欲坠的房子里，冻红了手脚。虽然是同年同月同日生，然而两个婴儿的境遇却有着天壤之别。

转眼十三年过去了，当年的两个男婴都出落成了可爱的少年。花开两朵，各表一枝，我们先看看贫儿汤姆。

“喂，多讨一点儿再回来！要是敢偷懒，我一定不饶你。”

打七八岁起，汤姆就被父亲这样逼着天天沿街乞讨。汤姆现在已有十三岁，却依然被迫乞讨过活。不得不出去乞讨的

还有他的两个姐姐——贝蒂和南西，就连母亲都要上街乞讨。只有讨到东西后，才敢回猪窝般的家，否则就会受到父亲的责骂。但是，她们对汤姆都温和而慈爱，尤其母亲对汤姆更是宠爱有加。

汤姆的父亲叫约翰，是一个脾气暴躁、终日酗酒的无赖汉。因为贫穷，他不能为所欲为，稍有不顺心，他就会殴打老婆、孩子泄愤。每天妻子、儿女们讨回来的钱，都要交给他，讨得少了，他就会挨个儿地臭骂。一般是先骂汤姆：“你这个懒鬼，讨这么一点钱够干什么的？好，今天晚上你就别吃饭了。把你这个懒鬼饿死算了！”

「专家解疑」为所欲为：想干什么就干什么；任意行事（含贬义）。

不仅仅是骂，甚至是一顿毒打。这时候，汤姆的母亲和姐姐如果敢出来劝阻的话，也会一起遭殃。

可怜的汤姆，经常奔波一天，也没有什么收获，在外面饿得头昏眼花，回家之后还要挨父亲的打，然后饿着肚子，带着委屈去睡觉。不过汤姆经常在半夜里被悄悄地摇醒，汤姆睁开眼睛一看是母亲。汤姆的母亲经常把讨来的面包偷偷地塞在汤姆的手里让他充饥。

「名师点拨」此处讲到汤姆生活的状况，无比凄惨，这也与后文他与王子身份互换后的生活形成鲜明对比。

尽管如此，汤姆对父亲却毫无怨言。

汤姆感觉爸爸本身并不坏，主要是坏在酒上，没喝酒的父亲也是慈祥可爱的。

每天早晨，汤姆总是精神饱满并开开心心地出去工作，讨到一定的数目之后，估计不会惹父亲生气时就会回家。在半路上，他经常会偷着去老牧师安德鲁的家里去看点书——对他

来说，这是最开心的事情了。

老牧师与周围贫民窟里的邻居们一样贫穷。他就一个人，又体弱多病，但是家里却有很多书，当汤姆和其他的小孩去他家玩时，总能从他那听到有趣的故事。老牧师还会热心地教他们读书、写字，因此对于汤姆来说，老牧师家是一所理想又免费的学校。

汤姆看过很多书，其中，他对王子或贵族故事的书情有独钟。每每读这种故事书的时候，汤姆感觉自己变成了故事里的王子或贵族，身居富丽堂皇的宫殿，过着锦衣玉食的日子，一群仆人围着他团团转，可谓是一呼百应。

「专家解疑」

情有独钟：因对某人或某事物特别喜爱而感情专注。

“哦，王子真是世界上最高贵、最显耀的人物，不管到哪儿，人们都对他万分崇敬，一切饮食起居、服饰用具，不仅舒适而且极为讲究。啊！我多想摇身一变，变成王子，哪怕只做一天，我也就没有什么遗憾的了！”

他深知这种幻想是永远都难以实现的，不过，可怜的小汤姆经常用这样的梦想聊以自慰。由于他沉迷于这些故事中，因而不知不觉间他开始模仿王子的言谈举止。

「好词好句」

聊以自慰

* 每每读这种故事书的时候，汤姆感觉自己变成了故事里的王子或贵族，身居富丽堂皇的宫殿，过着锦衣玉食的日子，一群仆人围着他团团转，可谓是一呼百应。

* 他深知这种幻想是永远都难以实现的，不过，可怜的小汤姆经常用这样的梦想聊以自慰。

之后，汤姆便和周围很多贫穷小孩们一起玩“扮王子”的游戏。

游戏中，汤姆总扮演“王子”这个角色。其他的小朋友有的扮演卫兵，有的扮演侍卫长，有的扮演王族。而小女孩子们则扮演公主、宫女。大家在汤姆的指导下，一起模仿典礼仪式，时而举行宴会，时而进入平常生活。

汤姆与生俱来的领导才能，让别的小朋友对他都十分恭敬。

“哈哈，扮演王子的游戏太好玩了！”

每天靠乞讨度日的汤姆，一有空闲，就会召集小伙伴们玩这种游戏，有时候连晚上做梦自己都变成王子了。甚至还会因兴奋

过度猛地醒来，发现自己仍睡在稻草堆上，真是失望至极。尽管只是做梦，不过每每回想起来，想起那个变成王子的自己，他也会快乐半天。

「名师点拨」汤姆始终生活在社会的最底层，内心会产生对高层次生活的向往也在所难免。

名家品评

开篇用两人出生时截然不同的场景来反衬两人身份的不同，这也注定了他们两个人不同的出身，也会是不同的命运。汤姆是一个乞丐，但是他的梦想却是想成为一个王子。汤姆的生活正是广大贫苦民众生活的缩影，汤姆的梦想也就是广大贫苦民众的梦想。作者正是通过对汤姆梦想的描述，展现了自己对贫苦民众的关心。

阅读思考

1. 为什么爱德华出生后会举国欢庆？
2. 为什么汤姆会经常挨打？
3. 汤姆的梦想是什么？

王子的替身

对皇宫充满无限遐想的汤姆无意间偷窥到皇宫里的一切，但陶醉中的他却被蛮横无理的卫兵摔倒在地。恰巧的是，这一幕正好被王子看到了。你们觉得王子该如何处理这件事呢？汤姆进入皇宫后，王子询问了汤姆许多家里的事情，而且还与他互换了衣服。王子看到汤姆因卫兵的粗鲁而受伤后，穿着汤姆的破旧衣服就要去惩罚刚才的卫兵，之后又会发生怎样的故事呢？

一个天气晴朗的早晨，汤姆还沉浸在昨晚的美梦中，他慢条斯理地向伦敦桥走去，那是他平日里乞讨的地方。不过，今天因兴奋过度，不知不觉地就走到了王宫附近。

汤姆突然“哎呀”地惊叫了一声，因为发现自己正走向一座宽阔壮丽的宅邸。

当汤姆走到那庄严的铁门前面，他仰望了一下装在大铁门上的狮子形徽章，整个人便因吃惊而呆住不动了。

“哇，这就是英国王室的徽章啊！”通过开着的大门汤姆看到了许多石像、尖塔、花园……“这一定是传说中的白金汉宫了。”汤姆因兴奋而自言自语道，“王宫，这里就是王宫啊！”

卫兵们头上戴着瓦亮的钢盔、手里拿着镰刀形的长矛，在铁门的两边笔直地站着，眼睛一眨不眨地注视着来往的人们，那架

「专家解疑」
仰望：①抬着头向上看。②敬仰而有所期待。

「名师点拨」
这一连串的惊叹不仅表现出汤姆内心的激动之情，也表现了皇宫的富丽堂皇。

势似乎在告诫大家：“不准靠近！”

衣衫褴褛的汤姆，尽管怕卫兵责骂，但还是特别想看看那美丽而庄严的王宫花园。于是，他便躲在一些市民身后，偷偷靠近了大门，透过铁栏杆朝里面张望着。

此刻，汤姆发现一位高贵少年，头戴插着羽毛的红帽，身穿灿烂发光的绸缎衣裳，腰带上挂着金光闪闪的短剑，脚上穿着红色漂亮的皮鞋，几个仆人紧随其后，一行人正在花园里散步。

「专家解疑」

窃窃私语：私下里小声交谈。

肮脏：①脏；不干净。②(思想、行为等)卑鄙、丑恶。

一些人的窃窃私语传入汤姆的耳朵里：

“哦，这就是小王子啊？！”

听完这话，汤姆惊喜万分，不禁轻轻地叫了一声：“啊……”

于是汤姆便忘形地把脸挨近铁门栏杆，鼓足了劲儿往里面看。他多想看看真正的王子，哪怕只是一眼，对他来说也足够了。作为乞丐的汤姆，有生以来的梦想，这次终于如愿以偿了，这简直太让人兴奋了！

「名师点拨」

作者用感叹句式表达了汤姆见到真正的王子时内心的激动之情。

突然，一声像雷一样的怒吼声把汤姆吓了一跳。

“喂！”

凶暴的卫兵，像拎小鸡一般抓住汤姆的脖子，用力将他摔倒在地上，破口大骂：

“你这个浑蛋！”

汤姆趴在地上，摸着疼痛的手臂，半天也没爬起来。随后，他听见一阵急促的脚步声由远而近——那是王子爱德华。他隔着铁栏杆，瞪着卫兵，责备道：

“喂，你怎么对他这么蛮横？”

「名师点拨」

长期在皇宫生活的王子也想看看外面的世界，所以他很能理解汤姆现在的心情。

卫兵立即敬礼，答道：“殿下，这个小孩子很没礼貌。他竟然用那肮脏的脸，挨近宫门的铁栏杆窥视王宫，实在不能饶恕。”

“不过是想看看花园罢了。这跟我有时候很想看看外面的街道有什么不同？……好可怜，这孩子被你摔成这样了。赶紧打开大门，放他进来，我要带他好好看看花园。”

“不过……殿下……”

“闭嘴，你敢不听我的命令！”

王子尽管还是少年，但他的语气却是不容抗拒的，已经具有王室成员的威严了。

“是，是！”

卫兵毕恭毕敬地举起枪来，向王子敬礼，接着无奈地放汤姆进了宫门。

门外的百姓们见这情景，纷纷脱下了帽子，一边向王子敬礼，一边欢呼道：“小王子万岁！”

王子竟然如此仁爱，连出身卑微的贫儿都受到他的尊重，这让人们深受感动。

随着宫门的打开，汤姆恍恍惚惚，仿佛梦游一般进了王宫。这时候，卫兵不得不皱着眉头，向汤姆敬了一个礼。因为汤姆是被王子召进宫去的客人，尽管是一个破衣烂衫的乞丐，敬礼也是必需的。

王子跟汤姆握手，似乎对汤姆手上的泥巴毫不在意。

“你非常想参观花园吧！方才，你被我的卫兵摔伤了，这让我很抱歉，来，随我一块儿到这边来吃点东西吧。”

一旁的随从们，听见王子这些话都非常吃惊，不约而同地对王子说道：“殿下，请等一等……”

他们本是想阻拦，不过，王子说道：“这个孩子毫无过错，刚才无故被打伤，确实让我很抱歉。因此，我要给他一些安慰。”

于是，王子带着汤姆向里面走去，留下一群侍从如同一排木桩似的笔直地站在那里，你看我，我看你，一动不动。

王子和汤姆走过花园，接着进了一间华丽的房间。王子吩咐仆人们准备水果、点心，随后对他们说：“你们先出去吧，没有我的召唤，谁也不准进来。”

他这样做，只是想让汤姆放心地随便吃喝。

「好词好句」

不容抗拒

不约而同

*随着宫门的打开，汤姆恍恍惚惚，仿佛梦游一般进了王宫。

*王子带着汤姆向里面走去，留下一群侍从如同一排木桩似的笔直地站在那里，你看我，我看你，一动不动。

「专家解疑」

不约而同：没有事先商量而彼此见解或行动一致。

“你随便吃吧。”王子对汤姆说。

本来，汤姆一直感觉自己在做梦，神情恍惚着，直到因摔伤而传来剧痛，才知道不是在做梦。

「名师点拨」对于汤姆来说，这样的生活简直想都不敢想，所以才会有梦幻般的感觉。而如今这一切都真实地摆在面前，他才感觉到自己不是在做梦。

“你在想什么？哈哈……别客气，随便吃吧！”

汤姆终于清醒过来，于是伸手拿着东西吃起来。啊，点心和水果太好吃了！那些碟子和盘子上放满了各种美味的食品，如花园里的花卉一般，着实迷人。对面坐着的竟然是王子，而自己成了王子的客人。这种意外的光荣，让汤姆感动得不知如何是好，他恭敬而小心地开始吃着那些美食。

王子一边看着汤姆吃东西，一边笑着问道：“你叫什么名字？”

汤姆放下手里的点心，准备恭敬地回答王子的问话。

王子温和地对他说：“你边吃边说好了。”

「名师点拨」通过王子的语言和举动，我们可以看出王子是平易近人、非常善良的。

“好的——我叫汤姆·康蒂。”

“那么，你住在哪里？”

“在伦敦桥附近的垃圾巷。”

“垃圾巷？哦，好怪的名字！你父母都有吗？”

“有。”

“你样子很可爱，一定很受宠爱吧？”

“是的，我的母亲非常慈爱。但是，我的父亲……殿下，跟您讲这些，有些不合适。”

“不，不管什么事，你但说无妨。我的父亲生病躺在床上，我是代表我的父亲，了解一下民间的情形。书上也说过，‘为帝王的应该洞察民情’嘛，你的父亲，对你如何？”

“他经常打我。”

“什么，打你？为什么呢？你告诉我，我会很快惩罚他的。”

“不，我的父亲人也并不坏。他只有在喝完酒之后，才会打我。反正父亲的坏，是酒害的。”

“你的家里除了父母还有别的人吗？”

「专家解疑」

恍惚：①神志不清；精神不集中。②（记得、听得、看得）不真切；不清楚。

洞察：很清楚地观察。

"还有两个姐姐，分别叫贝蒂和南西。"

"她们多大了？"

"十五岁。"

"十五岁吗？我有个姐姐叫伊丽莎白，今年十六岁了。还有我的堂妹叫葛莉，十三岁。她们对待仆人都非常亲切。你的姐姐对待仆人，也是非常亲切吧？"

汤姆正吃着点心，听了这话便睁大了眼睛，惊讶地答道：

"哎，殿下，我的姐姐没有仆人啊！"

"什么，没有仆人？那么，当她们早晨起来、晚上睡觉时，谁来帮她们换衣服呀？"

"殿下，我的姐姐每人都只有一件衣服。脱掉之后，只能光着身子了。"

王子大笑着说：

"你的话太有意思了。那我立刻让我的侍从送几件衣服过去。"

汤姆听了这些，不禁想起他先前看过的《王子的故事》，随即便模仿那书里面的话，答道：

"承蒙赏赐，谨申谢忱。贝蒂和南西得此殊荣，必将感激之至。"

王子非常开心，兴致勃勃地说道：

"哎呀，不用感谢的。你讲话时很镇静，让我特别高兴。平日里谁在教导你呢？"

"是一位名叫安德鲁的老牧师，他住在我家附近，待人很诚恳，常教我读书、写字。"

"你天天都玩什么呀？"

"把大家集合起来，玩猴子游戏。"

"猴子游戏，如何玩啊？"

"很简单，给猴子穿上纸做的铠甲，把它打扮成武士，给它木棍或竹竿做武器，表演打仗的游戏。一分钱看一场。"

汤姆本来想说他们玩的"扮王子"游戏，感觉很无礼，所以

「名师点拨」
王子对于汤姆家里的情况也是问长问短，体现出王子的善良品性。同时，我们也可以看出当时的统治阶级对于民众生存状况的无知。

「专家解疑」
承蒙：客套话，受到。

「智慧引路」
面对王子，汤姆内心还是存在着些许恐惧的，但更多的体现出汤姆的礼貌待人。在日常生活中，我们也应该做一个懂礼貌的人。

没敢说。随后又说：

“另外，我们还玩打仗的游戏，一群人分成敌我两队，几个人各拿着棍棒来打仗。”

“啊，我很喜欢这种游戏。我的三个老师天天都会教我练武。还有呢？再说说看。”

“夏天最好不过了。我们一群小孩儿光着身子，跳到河里去，游泳、潜水或打水仗。接着，又到岸上在沙滩上玩沙，玩沙坑埋人。被埋的人由两三个人压着，以防止他爬出来。大家一起抓沙往他身上堆，就像埋老鼠一样把他埋起来。玩得可开心了，连饭都忘了吃，非常好玩。”

「专家解疑」
放肆：（言行）轻率任意，毫无顾忌。

“啊，真的吗？天下还有这么有意思的事情，用沙把人埋起来太好玩了！仅仅听你这么一说，我就已经觉得非常快乐了。我非常想参加你们的游戏，在我一生中，只要赤条条地在沙里面滚来滚去，那么放肆地玩一次，该是多么好的事情啊！我在皇宫里，处处被人限制，要遵守礼节，要保持威严，连跑跳一下都不能，非常难受。”

汤姆一副大人的样子，下意识地摇头说道：

“啊！您是说，很受拘束吗？我的想法却跟您恰恰相反，我非常想穿着王子的衣裳，腰里带着闪光的短剑——一生能这样穿戴一次，我也就心满

意足了。真的，哪怕只是一会儿，就……”

王子猛地瞪大眼睛，打断他的话问道：

“什么？你是说，你想穿我的衣服是吗？哦，这倒是挺好玩的。来吧，你穿上试试看吧！我也正想试试你的衣服，穿上你的衣服肯定感觉不错。我们俩都把自己的衣服脱下来，暂时把衣服交换着穿吧。”

「名师点拨」王子听到汤姆的提议之后，也感到非常有趣，于是答应了汤姆的想法。

“不，不行，殿下，这怎么可以呢！”

“没关系的，这只是暂时换换，这里只有咱们俩，穿着玩不好吗？你不必担心，快点换吧！”

英国王子爱德华与乞丐汤姆两个人，互相换了服装，然后两个人又一块儿走到大镜子前面，并排地站在那儿，各自欣赏着自己的样子。此刻，爱德华与汤姆，都在各自所扮演的角色中憧憬着，两个人都兴奋不已。尤其是汤姆，兴奋到了极点。这样有趣的“扮王子”游戏实在太妙了！看看镜中的自己，不是真的变成王子了吗？汤姆开心得一直望着镜中的自己傻笑。

「专家解疑」

憧憬：向往。

褴褛：（衣服）破烂。

「名师点拨」经过汤姆的描述，王子对汤姆的生活产生了极高的兴趣。而汤姆与王子互换衣服后，汤姆的梦想也得到了暂时的满足。

“啊，真有意思。你呢，觉得有趣吗？”

“没错，殿下，我仿佛是在做梦一般，真是太有趣了！”

两个少年愉快地在镜子前面，互相对望着。

啊呀！这是怎么一回事呢？两个人到底哪个是真正的王子，哪个是真正的汤姆呢？连他们自己都认不清自己了。他们俩的相貌不仅是相像，简直是一模一样，根本分辨不出谁是谁啊。

他们两个人在没有换穿衣服以前，谁也没发现这一点，就是两个人的相貌有点相像，只不过一个人穿着华丽的王子服装，另一个人衣衫褴褛，又有谁会注意到相貌呢？如今，由于两个人换了衣服，看着镜子里的对方，才忽然大吃一惊。汤姆的两个姐姐——贝蒂和南西，因为是双胞胎才不容易分辨出谁是谁来的，谁知道王子与汤姆的相貌，竟比孪生兄弟还要相像呢。

王子用一种诧异的声调说道：“你、我长得真是太像了！我俩如果都不穿衣服，光着身体的话，恐怕谁也分辨不出来吧。”随后，王子又惊讶地说：“哎呀！你脖子上有伤痕，这是怎么搞的？”

“这是刚才……不，不，没有什么。”

“啊——我晓得了。一定是刚才被卫兵摔伤的吧？”

“是的……不过，卫兵是在执行他的任务，那是应该的……”

「专家解疑」暴烈：①暴躁刚烈。②凶暴猛烈。

“虽然是职责所在，不过也不应该这样暴烈。他居然把你摔成这样子，我要好好地责骂他一顿！”

“殿下……不要生气。”

“不行！如果您非要惩罚他，就等一会儿再去吧。”

“殿下，如果您一定要去的话，那么请您把衣服换了再去……”

气急败坏的王子，一心只想去责骂卫兵，就没有听从汤姆的劝告，穿着破烂的乞丐衣服，大步地走了出去。

「名师点拨」王子非常生气地冲出去，但是桌子上的东西却引起了他的注意。桌子上什么东西引起了王子的注意呢？作者在这里为后文埋下一个伏笔。

此刻，放在桌子上的一件东西，突然吸引了王子的注意，王子喃喃自语道：“啊，这要把它收起来才行。”

于是，他把那件东西抓在手里。那东西可能十分宝贵，王子收好它后，用力推开房门，向花园跑去。

王子满怀愤怒，穿着汤姆的破烂衣服，一口气跑到门口，对卫兵大叫几声：

“喂，把门打开！快点！”

于是，先前把汤姆推倒的卫兵，转头看了看他，也不答话，闷声不响地把门打开，等到王子一脚跨出铁门，卫兵就猛地一拳打在王子头上，又把他推倒在地，骂道：

「名师点拨」刚出门的王子就遭到了卫兵的误解，而卫兵对王子的殴打和呵斥也显示出卫兵人性的冷漠。

“哼，你这个小叫花子，就是为了你，殿下才训了我一顿。”

卫兵怎么也想不到这位是化了装的王子，还以为他就是先前的那个小叫花子，由于殿下特准他入王宫，就得意扬扬摆起臭架子来了。

王子爬起来，跑到卫兵面前，大声怒斥道：

“干什么，你这混账东西！我是王子啊！”

卫兵大声咆哮道：

“赶快滚蛋吧，你这小疯子！”

接着，他使劲殴打了王子一顿，随后将他摔在了地上。

站在宫门前面的市民们，看到这情景，纷纷骂道：

“喂，小乞丐，你疯了不成！”

“啊，禁止在王宫门前吵闹，赶快把他轰走吧。”

大家边骂边用石子来投掷他。

“我是王子，你们不得无礼！”

“哈哈哈……凭你这身打扮，还想冒充王子吗？”

“不是的，这件衣服是……”

“算了，算了，赶快滚开吧，小乞丐！”

王子越是愤怒地大声辩白，看热闹的群众就聚集得越来越多，投过来的石子就像雨点一般。王子眼看说也无用，为了避开投掷过来的石子，只好往后退，逃离了宫门。

在众人的嘲笑、怒骂声中，王子拼命地往前跑。

唉，他和小乞丐换衣服穿，只是想做一下有趣的游戏，谁知道竟会发生这种意外的事情呢？

很久很久，他才定下心来，看到没有人再追赶他了，才透过一口气来，环顾四周，也记不得是如何逃到这里来的，更不知道这里是什么地方。

他猜测着，自己应该没走多远，这里也许还在伦敦范围内吧。

王子坐在路旁休息了一会儿，接着，又拖着沉重的脚步在街上走着。没多久，发觉有一栋熟悉的大建筑物。一看到这栋房子，王子的神色忽然变得开朗起来。

他想：“哦，这不是我从前陪同父王来过的孤儿院吗？院长可能还记得我。对，我去找院长，把事情的来龙去脉告诉他，他会立刻送我回王宫的。”

接着，他打起精神来，使劲推开大门，走进了孤儿院。

「专家解疑」

咆哮：①（猛兽）怒吼。②形容水流奔腾轰鸣，也形容人暴怒喊叫。

来龙去脉：山形地势像龙一样连贯着。本是迷信的人讲风水的话，后来比喻人、物的来历或事情的前因后果。

「名师点拨」

作者运用比喻的写作手法，把看热闹的群众投来的石子比喻成雨点，非常形象地表现出石子数量之多。

「好词好句」
衣衫褴褛
威风凛凛
*一边说着，王子下意识地用手去摸腰带。谁知道，腰带上并没有挂着短剑。

这时候，刚巧是休息时间，好多孤儿正在操场上做游戏，有的在打球，有的在摔跤。大家忽然看见跑进一个衣衫褴褛的小乞丐，于是一些顽皮的孤儿便跑到王子跟前，大声责骂他，并想要把他赶出去。

“嘿！肮脏的乞丐跑进这里来干什么？”

“滚出去，谁也不会给你钱的！”

这时，王子用威风凛凛的声调说道：

“不要吵，你们安静点儿！我是王子，赶快去告诉你们院长说，爱德华王子驾到。”

孤儿们一听，便齐声大笑起来。

“这家伙是个疯乞丐。哈哈……哈哈……”

“哼！谁敢无礼的话……”

一边说着，王子下意识地用手去摸腰带。谁知道，腰带上并没有挂着短剑。

有一个顽皮的孩子说：

“喂，大家看见了没有？这家伙还以为他腰带上挂着宝剑呢。这样看来，没准是真正的王子也说不定咧。”

旁边有一个孩子，似乎是这群孤儿

的首领，他接着开玩笑地说：

“对了，对了，一定是真正的王子，让我们大家来向他敬个礼吧。”

“嗯，好，好，大家向王子殿下敬礼！”

淘气首领一声令下，众孤儿一边扮着鬼脸，一边向王子敬了个礼，随后大家都哈哈大笑起来。有一个小孩子，突然使劲往王子肩膀上一推，王子摇了几下差点儿就摔倒了，等到脚步站稳的时候，怒斥道：**“好，你们等着瞧吧，明……明天，我就把你们这些孩子，都关进监牢里去！”**

「名师点拨」
王子现在仍沉浸在自己的身份中无法自拔，仍然没有看清如今的形势。

孤儿们原本是逗他玩的，可是听了小乞丐这样的怒骂，也不由得火气上冒。淘气首领大叫道：

“喂，大家来揍他一顿！”

于是，孤儿们一齐冲向王子，从前到后、从左到右，拳头像雨点般落到王子身上，个子高的还打王子的脑袋。打不着的人，就在后边大声喊叫着助威。

王子实在受不了这种臭骂毒打，于是只好忍气吞声地跑出了孤儿院。

没想到父王亨利八世敕办的孤儿院的孩子们对自己竟如此凶暴无礼。

王子又拖着沉重的脚步在街上晃荡，到了现在，才明白自己的处境是多么的糟糕。这时的他，只觉得疲惫不堪，两腿发软。哦，只要是穿着这身破烂的衣服，就绝对不会有一个人承认他是王子的。王宫到底在哪个位置、哪个方向？其实，即便找到了王宫，穿着这样一身破烂的服装，卫兵又怎么会让他进去呢？

「名师点拨」王子遭遇到的一次又一次的麻烦都是因为相似的相貌，他努力地想找人帮助他回到王宫，可是这破烂的衣服却一直在阻止他实现自己的想法。

走着，走着，王子忽然想起来了：

“对了，我何不到汤姆的家里去试试看。汤姆家的人如果得知了这一情况，肯定会非常吃惊，并立即送我回宫。”

王子拿定主意之后，就拖着伤痕累累、筋疲力尽的身体，再去寻找垃圾巷。王子问过许多人都说不知道，最后碰到一位富有同情心的老年人，很仔细地告诉了他如何走。他便慢慢地找去。

王子想起他刚才受到孤儿们无理的笑闹，眼泪忍不住直流。但是，他终究是一位未来的国王，他并没有因此而想到报复，沿路却在思考这种事情的解决方法：

「名师点拨」遭到孤儿院孩子们的讥讽和打骂后，王子从刚开始很愤怒，甚至扬言要把他们都关进监狱，到冷静地想到这些孤儿之所以这么野蛮无礼都是因为他们缺少教育，于是萌发出了教育他们的想法。再次突显了王子善良的品性。

“我将来做了国王以后，不但要给那些孤儿们吃的东西和住的地方，而且还要使他们都受到教育。这样，才能使这些小孩子们晓得博爱和慈善的道理，明白轻视贫穷、欺侮弱小是可耻的行为。知识可以启发人类的良知，给人以正确的判断力。世界上，再没有比愚昧无知更可怕的事情了。没错，我回去立刻禀告父王，应对这些孩子们早点施以适当的教育……”

王子边走边想这些问题。这是王子出了王宫，走进社会后，才深切领悟到的最现实的社会问题。

「哲理名言」知识可以启发人类的良知，给人以正确的判断力。

当王子费尽周折终于找到垃圾巷的时候，已经是午夜时分，各家的灯火早已熄灭。

而且，不知道在什么时候，天上忽然下起雨来，冷风呼呼地吹着，王子的破烂衣服实在不能御寒。

王子正沿着弯弯曲曲的、肮脏的小巷子走着的时候，突然，有人从后面凶猛地一把抓住他的脖子。王子偏着脑袋向上一看，是一个喝醉了酒的大汉，酒气熏天地冲着他粗暴地怒吼道：

“汤姆，你到哪里野了，这么晚才回来？”

这时，王子猜想，这大概就是汤姆的父亲约翰·康蒂了。于是他说：

“啊，你就是汤姆的父亲吧？”

“哼！不错，我是你爸爸。那又如何？你这个小杂种！”

王子很悲痛地哭诉道：

“请你仔细地看一看我的脸。我并不是你的儿子汤姆，我是王子爱德华啊！”

“什么？你是王子？”

约翰惊呆了，眼睛眨也不眨地盯着他看，过了一会儿，却带着阴森森的冷笑挖苦道：

“哎呀！你这小鬼,发疯了吧？让你总玩什么‘扮王子’的游戏，现在走火入魔了吧？”

“不，不是这样的。请听我讲吧！我真的是王子。事情是这样的……”

“哼，废话连篇！”

约翰不听他那一套，猛地一巴掌打在王子的耳朵上，一把抓住王子的脖子摇晃着，怒吼道：

“跟我回去！让我抽你一顿皮鞭子，你的神经就可以恢复正常了。”

约翰火冒三丈，把王子拖进破旧、矮小、黑暗的小屋里去。

“放手！我绝对不是在说谎！快、快放手！”

王子越扭动着身体拼命叫嚷，约翰就越用力地抓紧他的脖子。唉！王子爱德华的命运究竟会变成什么样呢？

再说，汤姆一个人被留在宫内的王子御室里面。当时，尽管

「好词好句」

肮脏

火冒三丈

*王子正沿着弯弯曲曲的、肮脏的小巷子走着的时候，突然，有人从后面凶猛地一把抓住他的脖子。

*约翰火冒三丈，把王子拖进破旧、矮小、黑暗的小屋里去。

「专家解疑」

走火入魔：痴迷于某种事物到了失去理智的地步。

「名师点拨」

王子被别人误解，而后遇到恶劣的天气，如今又遇到了汤姆脾气暴躁的父亲。这不禁让人们更加为王子担心。

显得有点孤独和寂寞，但起初他还是十分高兴，觉得无上光荣的，一会儿走到大穿衣镜前面，照照自己穿着王子服装的雄姿；一会儿又把装饰着宝石的腰间短剑，拔出一点来看看；一会儿又坐在松软的椅子上，小声地自言自语道：

“嗯，我真是快乐极了！”

“啊，这么漂亮的样子，如果让垃圾巷的朋友们开开眼界的话，那该多好！”

谁知道十分钟过去了，出去责骂卫兵的王子还是没有回来，汤姆禁不住手忙脚乱起来。他心想：“像我现在这个样子，如果有人进来看见了，那怎么办呢？有王子殿下在的话，他还可以替我解释一下。如今，人家会把我当成一个罪大恶极的坏蛋，马上关进牢里去。……啊，王子殿下，请您快点回来，把破衣服换给我吧！”

汤姆这样一想，更害怕起来，终于沉不住气了，再也等不下去了，于是决定自己去找王子。

被吓得心慌意乱的汤姆，已忘记了自己现在穿的是什么衣服，本来是想飞奔到宫门口去的，哪晓得慌慌张张地把房门弄错了，一下子，就把隔壁房间的大门打开了，不禁更加惊慌起来。

这里面有五六个穿着华丽服装的宫廷内侍和两个穿着漂亮衣服的侍童，都循规蹈矩地待在那里，一看汤姆来了，大家都吃了一惊，一齐毕恭毕敬地行礼，问道：

“殿下，您有什么吩咐吗？”

汤姆非常狼狈地关上了门，一句话也没说。

汤姆这时吓得面无人色，坐在离房门口很远的靠墙角的椅子上，缩成一团在那里发抖。只要听见有什么声响，或轻微的走路声，就吓得恨不得找个地缝儿钻进去。

这时，房门还是被打开了，衣着华丽的侍童进来报告：

“珍·葛莉郡主驾到。”

「名师点拨」

虽然汤姆的梦想是成为一名王子，但是善良的他知道那只是自己一个不切实际的梦想而已，所以，跟王子互换衣服而且独处皇宫的他不由得感到害怕。

「专家解疑」

循规蹈矩：原指遵守规矩。现多指拘泥于旧的准则，不敢稍做变通。

「好词好句」

毕恭毕敬

＊汤姆这时吓得面无人色，坐在离房门口很远的靠墙角的椅子上，缩成一团在那里发抖。

＊只要听见有什么声响，或轻微的走路声，就吓得恨不得找个地缝儿钻进去。

汤姆心想："这真是糟糕透了，怎么应付呢？"他还记得王子跟他讲过，"珍·葛莉郡主是我的堂妹。"

不一会儿，一位跟王子年龄相仿的女孩子走了进来。

她正向汤姆这边走过来。

这时候，汤姆猛地从椅子上跳下来，用一只腿跪在地板上，抱紧拳头，泪流满面地哀求道：

"请您大发慈悲，救救我吧！我怎么会是王子呢？我只是住在伦敦市垃圾巷的一个穷人的儿子汤姆·康蒂。"

"啊？您在说什……什么？"

葛莉郡主吓得慌了手脚，汤姆说些什么，她一点也听不懂。

此刻，汤姆用战栗的声调，拼命地继续哀求道：

"郡主，求求您，请您设法让我晋见王子殿下。不是我自己非要闯进来的，是王子邀请我进宫的。我跟着王子到了这间房子里，他出去了，所以我提心吊胆地期盼他的归来。只要他一回来，无论什么事情，都能弄清楚了。我只是因为好玩才假扮王子的。啊，郡主，王子殿下现在在什么地方呢？……"

葛莉郡主这时已经吓蒙了。突然，她返身朝另一个房里跑去。郡主误会王子发疯了，她想将这件事情报告给国王！

汤姆看见郡主惊吓成那个样子，更加不安。他认为自己没救了，他们马上会来把他抓进监牢里去的。

他有气无力地倒在椅子上，心里想：

"王子殿下，您到底去了什么地方呢？宫里的人都不相信我，连那位温柔的郡主也是一样，无论我说什么，她听都不听。……啊，完了，完了！他们一定会杀了我的！"

「专家解疑」
晋见：进见。

「智慧引路」
善良的汤姆已经彻底被吓着了。但我们也要想一下自己，如果在日常生活中遇到这样"美好"的事情时，我们又会是怎样的呢？

名家品评

王子与汤姆互换成功。王子流落街头后遭到了各种讥讽与嘲笑，甚至殴打。与流落街头，成为“凡人”的王子相比，汤姆的境遇好像也并没有好到哪里去。他始终在担心自己与王子互换衣服的事情被人发现，但是他却还不知道他与王子已经互换了身份。如果他得知王子如今已经成为“凡人”，汤姆心里又会是怎样呢？作者巧妙地给我们留下了非常广阔的遐想空间，让我们去揣测汤姆现在的心理感受。

阅读思考

1. 汤姆看到的皇宫是什么样子的呢？
2. 汤姆为什么没有说他们玩“扮王子”的游戏？
3. 小王子在走出宫门之后遭遇了怎样的待遇？

汤姆的“王子”生活

“冒牌王子”汤姆见到了国王，但是他的坦白却被大家一致认为“王子有病”。接下来，汤姆的命运会怎样呢？他又做出了怎样的举动呢？汤姆迫不得已接受了“有病王子”的身份，汤姆的不懂礼节闹出很多笑话，但大家都以为他是一个病人，所以一切都任由他自己决定。那么，之后汤姆又会遇到怎样的事情呢？

就在汤姆倒在椅子上不停颤抖的时候，“王子有病”的消息不胫而走。这消息，从这个走廊传到那个走廊，从这间房子传到那间房子，顷刻间，传遍了王宫。

“殿下疯了！”

“王子疯了！”

*宫廷里这里一群、那里一伙，大家都在窃窃私语，谈论着这件不幸的消息。*内侍和宫女们愁容满面，大家都忧心忡忡，有的人站在那里发呆，一言不发；有的人在那里吞声饮泣。这时，整个宫廷里，弥漫着一股悲惨愁苦的气氛。

国王很快得知了这个不幸的消息。

约莫过了三十分钟，国王的内侍叫臣仆们在会议室集合，他很严肃地传布命令：“关于爱德华王子身体的现状，目前有很多

「智慧引路」日常生活中，有话题的地方就会有一群背后议论的人。更何况这件事发生在皇宫里。

「专家解疑」弥漫：（烟尘、雾气、水等）充满；布满。

谣言，大家都不可听信这种谣言，也不可谈论这件事情，更须谨慎注意，千万不可使这种谣言流传到外边去。凡有违反禁令者，一经查明将处以死刑。”

听完这一圣旨，人们只好遵守国王旨意。不过，如此看来王子是真的疯了。因为这种事情，如果是谣言的话，用不着颁布圣旨来镇压，大家自然会明白的。所以，王宫内的每一个人，都为王子的健康默祷着。

不久，从很远的走廊那边传话过来：

“王子殿下来了。”

“王子殿下谒见陛下。”

「名师点拨」王子被逐出宫之后，穿着王子服装的汤姆被错认为是王子。可是汤姆心地单纯善良，别说趁机霸占王子之位当国王了，他还在为自己的身份会被揭穿，然后可能被杀头而感到恐惧呢。

可怜的汤姆，自从葛莉郡主溜走了之后，他在这三十分钟内备受煎熬，吃尽了苦头，简直要发疯了！一些大臣们轮流前来问候，他趁这机会拼命向他们解释事情的经过，但不仅没有人听信，而且他越讲得厉害，越使人家觉得他疯狂得厉害，大家都认为“王子疯了”。最后，连御医都做了这样的诊断。

现在，有两个内侍，从左、右两边扶着汤姆的两手，御医紧跟在背后。

此外，还有很多侍从和侍童跟在后边，走过长长的走廊，前来谒见国王。汤姆面色苍白，全身无力，就像将要上刑场的死囚。

很多大臣和宫女们，站在沿途的走廊上低头恭送，大家都愁容满面，心事重重。汤姆心里想：

“各位大人，请你们不要对我这样。等一会儿，你们就会明白的。”

走完弯弯曲曲的长廊，汤姆被带进一间华丽的房间里。“叽”的一声，房门关起来了。除了扶着汤姆双手的两个大臣和御医以外，其他的侍从都站在后边，排成一列。

「专家解疑」心惊肉跳：形容担心祸患临头，非常害怕不安。

汤姆低着头，吓得心惊肉跳。

“哦，爱德华，到这边来。”

汤姆听见这个叫声，战战兢兢地抬头一看，一位很瘦的老人躺在前面的卧榻上，正在叫唤他。只见他头发和胡须已经完全白了，一只脚上还绑着绷带。

老人看到汤姆哆嗦得很厉害，便和蔼地说：

“爱德华，这是怎么一回事啊？……你不要让爱你的父亲担忧着急哟。你为何这样发抖呢？”

汤姆因为刚才听见他说“父亲”，才知道这个老人就是国王，马上就跪在地上叩头，断断续续呜咽着请求道：

“啊，国……国王陛下！请您救我一命吧。”

“……”

国王一言不发，用吃惊的神情盯着汤姆的脸。随后，他扫视了一下大臣和内侍们，大家都低头不语，谁也不敢抬起头来。国王又看看汤姆的脸，深深地叹息了一声，用十分失望的语气，喃喃地说：

“嗯，这跟大家传说的一样。不，或许比传说的还要糟糕……”

于是，国王用一只手扶着卧榻，撑起一半身子，用更温柔的语气对汤姆说：

“爱德华，来，过来，到我旁边来。你好像生病了！”

内侍们在国王的暗示下，将汤姆扶到了他的床边。国王伸出一只手来，很温和地托着汤姆的下巴，用非常仁慈的眼光，凝视着汤姆的脸。他仔细端详着“发疯”的儿子的脸庞，努力去寻找是不是还有正常的地方。

“爱德华呀，你认不认识你的父亲呢？别打哆嗦，先别慌，没有人会害你的。冷静一下，看着我的脸。……怎么样？你知道我是谁吗？”

汤姆一面发抖，一面结结巴巴地答道：

“是……您，您是，恕我冒昧地说，您是国王陛下。”

国王不禁微笑说：

「专家解疑」

战战兢兢：状态词。①形容因害怕而微微发抖的样子。②形容小心谨慎的样子。

冒昧：（言行）不顾地位、能力、场合是否适宜（多用作谦辞）。

「好词好句」

一言不发

*他扫视了一下大臣和内侍们，大家都低头不语，谁也不敢抬起头来。

*国王伸出一只手来，很温和地托着汤姆的下巴，用非常仁慈的眼光，凝视着汤姆的脸。

“嗯，嗯，对了，你神志很清楚。……好，好，用不着担心，不要发抖，安安静静地跟我好好谈谈。如何？你的精神，稍微好点了吧！不要说些怪话来伤我的心，还是像往常一样，讲点有趣的事给我听吧！”

“请……请您听我讲，我绝对不说假话，”汤姆急着向国王解释，“我不是王子，我是一位乞丐的儿子。只因事出意外，才造成这种重大的错误。绝对不是我故意胡闹，做出这样荒谬绝伦的事情来的，是在王宫前面……”

「专家解疑」

荒谬（miù）：极端错误；非常不合情理。

金口玉言：极难得的可贵的话，封建社会多称皇帝讲的话，后来也用来泛指不能改变的话。

国王摆了摆手，阻拦他不要再说下去。

“我晓得，我晓得，这种事情，不要再提了。唉，你大概是真的病了。爱德华呀！你把心放宽，赶快清醒过来吧！”

最后，*汤姆感觉局面已经无法挽回了，彻底失望了。*很多事情就是这样巧合：自己和王子换了衣服穿；自己的容貌和王子又是完全一样；而且，关于其中的来龙去脉，不管你怎样申辩，怎样解释，大家都不听，只认为你是“发了疯的王子”，现在连国王都信以为真了。但是，汤姆认为这件事情，迟早会真相大白的。然而事实一旦揭穿，自己将背负欺君大罪，是要掉脑袋的！

「智慧引路」

并不是所有的事情都能够解释清楚，既然无法改变，倒不如去适应。

想到这里，汤姆便哭哭啼啼地请求国王：

“国王陛下，请救我一命吧。我本无恶意，只是不小心才变成了王子殿下的替身，如果真正的王子出现，请不要砍我的脑袋。国王陛下金口玉言，请说这句话吧。”

「名师点拨」

别人无法理解汤姆现在的心情，事情的真相只有他自己清楚。当他听到国王的话时，心里的石头也就落地了。

国王很悲伤地抚摩着汤姆的脑袋，微笑道：

“杀你？哈哈，谁敢杀你？你放心好了，我不但不准任何人伤害你，而且还要所有的人都敬重你、保护你。”

汤姆听到这些话，高兴得眼泪直往下流，他跪着说：

“敬谢国王陛下这样仁慈的一句话，对于我是多么重要啊。”

汤姆认为，国王刚才说的这番话，大家不会没有听见，因此他感觉自己这条性命算是得以保住了，这才放了心。

汤姆又请求国王，说：

“国王陛下，我说这句话，也许会受到您的斥责，然而，我的确是一个小叫花子。所以我想请您准许我离开王宫，不知道可不可以？”

“什么？离开王宫？那么，你打算到什么地方去呢？”

“我想回家，回到母亲和姐姐住的地方去。我在这里待着，总是提心吊胆的，日子实在难熬。请您准我回家去吧。”

「专家解疑」
提心吊胆：形容十分担心或害怕。

国王一言不发，非常悲伤地摇头叹息。国王的不安和伤心，越来越厉害。

不久，国王很温和地说：“爱德华呀，不要再想这些古里古怪的事情，让我们来谈谈别的有趣的事情吧。”

「名师点拨」
国王已经把汤姆当成了自己的儿子，而且觉得自己的儿子精神有问题，他现在的举动明显是在安抚一个精神有问题的人。

汤姆长叹了一口气。国王很想用什么方法，使自己儿子的精神清醒过来，于是试着说道：

“哦，对了，你最近不是在学拉丁文吗？你大概记住很多了吧！是不是？”

“嗯，不过，我只记住了一点点……”

汤姆不知不觉地这样答复。这时候，汤姆大脑中闪现出老牧师安德鲁慈祥的容貌。

国王听到这样的答复，微笑道：

“嗯，还记得一点吗？那么，让我来考你一下，试试看！为了避免遗忘，人们将记忆中的东西用笔记下来——这就是‘备忘录’。在拉丁文里面，‘备忘录’这个单词叫什么？”

因为汤姆刚好知道这个词，被这么一问，所以立刻很自然地答道：

“美墨兰登。”

“哦，对，答对了！”

国王高兴得不得了，于是扫视了侍从们一眼，脸上露出得意的神色。侍从们和御医这才抬起头来，大家也都面露喜色。

国王低声对御医说："你看，连那么难学的拉丁文，他都记得这么清楚，由此可见，他并不是完全的神志不清。我感觉他只是脑筋受了点刺激，因而出现暂时性的精神失常，不久就会恢复的。你觉得呢？"

御医毕恭毕敬地答道：

"是的，我和陛下的看法一样。我对于王子殿下的病况，也是这样诊断的。"

国王对于自己的判断和专家的诊断一样，很是高兴，笑逐颜开地说：

"那么，我们再来考验一下。大家都好好地看着。"

国王又向汤姆问道：

"爱德华呀，这回，我来考考你最得意的法文。在法文里面，勇敢、博爱，这几个单词怎么说？"

大家眼睛都注视着汤姆。汤姆的脸色一下子变得通红。因为，他还没有从安德鲁牧师或其他任何人那里学过法文，所以很难为情地答道：

"国王陛下，请您恕罪。关于法文，我一个字都不晓得。"

听了这些，国王失望至极，本来撑起一半的身体，又"砰"的一声倒回了床上。御医慌忙跑过去，想去扶持他。国王很生气地阻止道：

"不，不要管我！……我不过是觉得失望而已……"

没多久，国王自己又把身体撑了起来，态度突然大变，用很严肃的目光瞪了大家一眼，宣布道：

"喂，大家听着……爱德华确实有点精神失常。他的记忆力欠佳，精神也很疲倦。不过，这种病症，不是不能复原的，可能是因用功过度和运动不够引起的。从今天起，再不要拿任何书籍让他阅读，也不要再派什么老师教导他了。要尽量让他做游戏和运动，使他心情愉快，使他的头脑获得休息，好让他早日恢复健康。明

「专家解疑」

神志：知觉和理智。

失望：①感到没有希望，失去信心；希望落了空。②因为希望落空而不愉快。

疲倦：疲乏；困倦。

「好词好句」

难为情

严肃

* 听了这些，国王失望至极，本来撑起一半的身体，又"砰"的一声倒回了床上。

* 国王自己又把身体撑了起来，态度突然大变，用很严肃的目光瞪了大家一眼。

白了没有？……喂，你们大家为何不作声？”

大家战战兢兢地急忙敬礼，一齐答道：

“是！知道了，陛下。”

国王瞪着眼睛看着大家，用更大的怒吼声继续宣布道：

“爱德华现在的确是精神不正常。然而，即便他疯了，他还是我的儿子，无论如何，他总归要继承英国的王位。现在，我先向你们这样声明，马上公告于天下，你们大家明白了吗？”

“还有，关于爱德华害病的消息，任何人绝对不得向外泄漏。如果谁泄漏了半点风声，就要以扰乱国内和平与秩序罪斩首示众！……啊，我口渴了，拿杯水来给我。”

侍童赶快端来了一杯水，国王一口气就喝干了。由于悲伤过度，他的嘴唇还在颤动着，又接着说：“现在，我再说一遍，就像刚才我所说的，即便爱德华真的疯了，比现在还要厉害一百倍、一万倍，他依旧是王子。现在，我以国王的身份，向天下郑重宣告。

“对了，不如就在明天，赶快举行正式册立爱德华为王子的典礼。以防万一，还是趁诽谤谣言尚未散布以前，先举行这个典礼……哈弗特，你马上就开始准备吧！”

国王因为过度失望，非常不高兴，所以就很急躁地命令在一旁的哈弗特伯爵立刻准备典礼。哈弗特伯爵是已故王后的哥哥，是一位德高望重的大臣。

这时候，有一位大臣走近宝座，跪着上奏：“陛下，现在，臣冒渎上奏，世代掌管册立王子典礼的司仪长诺福克公爵，现在还禁锢在伦敦塔里，陛下肯定记得。如今需要举行典礼了，该怎么做呢？……”

司仪长诺福克公爵实在是被冤枉的，现在，以叛逆罪的嫌疑犯名义被关在伦敦塔里面。国王亨利八世生性暴躁，容易发脾气，凡是触犯了他的意思的人，都被关进这个恐怖的牢狱里。这个大

「名师点拨」
“王子有病”的事实已经被御医和国王断定。通过国王的一系列动作和话语，国王对王子的关心可见一斑。

「专家解疑」
诽谤：无中生有，说人坏话，毁人名誉；诬蔑。

禁锢（gù）：①封建时代统治集团禁止异己的人做官或不许他们参加政治活动。②关押；监禁。③束缚；强力限制。

臣主要是想趁这个机会让诺福克公爵能够被释放出狱。

不过国王立即斥责道：

「名师点拨」面对大臣给公爵的求情，国王毫无征兆地大发脾气。通过国王的话语我们可以看出，国王是一个生性残暴的人。

“别多嘴！不准提起那个家伙的污名来玷污我的耳朵！就是没有他，照样可以举行册立王子的典礼。明天就判他死刑吧。这种叛徒，还留着他干什么！”

站在一旁的哈弗特伯爵马上回答：

“陛下，我会马上遵命办理的。”

这时国王的愤怒才缓和下来，说道：

“嗯，那么，哈弗特，你就赶快任命适当的人来接任司仪长的职务，好筹备册立王子的一切事宜。……爱德华呀，来，过来，到爸爸这边来。哦，你怎么啦？不要这样畏畏缩缩的。来，让爸爸摸一摸你那可爱的头发。”

这时，汤姆想起在伦敦塔的诺福克公爵因为自己的册立，竟被加速处刑，差点落下泪来，便用悲伤的声音说道：“仁慈的国王陛下，您对我这样卑贱的人，真是太厚道、太亲切了，我特别感激。恳求陛下，把这种仁德，也赐一点给诺福克公爵吧！”

「专家解疑」恳求：恳切地请求。

国王微笑着说：

“嗯，你现在尽管是在生病，但你的心地还是那么善良。你真是天生的慈悲心肠。……

“你们大家听到了没有？爱德华是有病之身，还在替那个诺福克请求饶命！……不过，爱德华呀，你好好听着，那个公爵是个大坏蛋，他想造反，他想谋害你我。因此，我才下令处死他，然后找个忠义的人来代替。对于这种事情，你无须操心，让你的父亲来处理一切就好了。”

“话虽然这样说，不过就因为要举行册立王子的典礼而处死他，不是太残忍了吗？既然已经另外派人接替司仪长的职位，也请您饶他一命吧！”

“哦，算了，算了。不要再提那个家伙了，否则你的心都会蒙尘。

而且，现在你又在病中，是修身养性的时候，别因这些事而使你烦心。回到你的房间去吧！先休息一会儿，以后再谈吧。”

国王又凝视了汤姆的脸好一会儿，随后才慢慢地躺了下去。

汤姆拖着沉重的脚步，无精打采地沿着长长的走廊走去。自哈弗特伯爵以下，无数内侍、御医和侍童们，都跟随在他后面。

又和先前一样，在走廊各处，听到这种悄声谈话。

“殿下来了。”

“殿下来了。”

这种声音在汤姆听来只觉得可怕。这时他非常悲观，他想王子要是一直不出现，他就将永远被关闭在黄金铸造的囚笼里面，成为王子的替身了！

多么孤独与凄凉的囚犯的命运，汤姆想，既没有亲戚，又没有朋友，没有一个人可以成为真正的说话对象。并且一天到晚，不管走到哪里都有侍从在左右跟着，简直一点自由都没有。汤姆曾听人家说过，最可怕的地方是那座恐怖的伦敦塔，可是若与现在这种不自由的环境相比，汤姆倒宁愿去伦敦塔。

回想从前在垃圾巷的自由生活，时常玩“扮王子”游戏，真是快乐。与现在的处境相比，那晚上躺在稻草堆里做王子梦的生活倒是快乐了很多。如今真正做了王子，却只有痛苦、只有恐怖，一点乐趣都没有，比笼中鸟还要可怜！

然而，无论如何，只能看开点，期待真正的王子归来吧。

汤姆现在是上天无路，入地无门，只能勉强应付下去。

汤姆被带到从来没有到过的一座富丽堂皇的大厅里，坐在华丽的椅子上。跟随他来的哈弗特伯爵和其他侍从们，都以立正的姿势站着不动，汤姆觉得很无趣，便一个个请他们坐下，简直跟拜托一样。

“请坐，请坐。”

谁知道被劝的人们都一言不发，只是低头行礼，一副惶恐的

「名师点拨」

汤姆和王子虽然身份差异巨大，但是在性格方面有很多是相同的，他们都很善良，王子同情汤姆的遭遇，从而让他进入皇宫观赏；汤姆在听到一位大臣要被处死之后，也善心地为他求情。

「智慧引路」

人总是不知足。当你拥有一个东西的时候，总是渴望得到另一个东西，可当你放弃了自己的东西而得到另一个东西时，却又开始留恋放弃了的东西。自由和权力，是不可兼得的，汤姆虽然过上了富足的生活，但是同时也失去了自由。

样子。因为依皇家礼节，在王子面前谁都不能坐下的。

然而，汤姆还一再地劝。

王子的舅父哈弗特伯爵，就在汤姆的耳边悄悄地说道：

“殿下，不要再劝了。这些人，是不允许在您的面前坐下来的。……殿下，请您镇静一下吧，不管发生什么事，您只要像平常一样，按照规矩行事就好了。”

汤姆被他这么一说，脸就红了起来。

这时，国王身边的大臣圣·约翰勋爵从门口走了进来，毕恭毕敬地向汤姆敬了礼后，用严肃的声调说：“禀告殿下，我奉国王之命，有机密大事，要面禀殿下。除哈弗特伯爵可留下之外，其余的人，请命令他们全都退下。”

汤姆一听，不知道应当怎么办，就调过头来，看着站在椅子背后的哈弗特。哈弗特用很温柔的声调，在汤姆的耳边低语道：

“哦，叫人退下的信号，您不记得了吗？您把右手举到胸前，

「名师点拨」

作者运用设问句式，让平淡的故事情节平添一点波澜，更加激发读者的阅读兴趣。

一摆手表示退下的样子，就行了。不需要说什么话。”

汤姆照着他说的，轻轻地挥了一下手。侍从们敬完礼之后，马上退出了大厅。

圣·约翰勋爵这才很郑重地禀告道：“国王陛下的旨意，是要殿下切记，您尽管是在病中，不过考虑到国家大局，请殿下不要任意乱讲，譬如说些自己不是真正的王子、住在宫殿里很害怕这类的话。考虑到王子的尊严，即使在您不舒服、不愉快时，也不能拒绝或厌烦应该接受的礼节。

“此外，还请殿下努力恢复从前的记忆，设法记起宫内人员的容貌，分辨出谁是谁来，就是想不出来的时候，也请您不要表露出来。

“无论是在宫内或宫外，当碰到任何事情的时候，如果殿下弄不清楚应当怎么做、应当怎么说，请殿下保持镇静，泰然自若，悄悄地询问哈弗特伯爵和我，最好是不要使大家发觉，我们两个人会从旁侍候殿下的。依照国王的旨意，在殿下生病期间，我俩随时在您身边。……最后，自国王以下及我们臣仆们大家都在祷告神明，祝殿下迅速恢复健康，如此，才是国家与殿下的洪福。”

圣·约翰勋爵用悲痛而沉重的声调禀告完了，就敬礼退下。汤姆接下了这道圣旨，恍如听到最后判决一样，喃喃低语道：

“哎，国王陛下既然这样命令，那就毫无办法了，我也只好暂时遵旨行事了。”

此刻，哈弗特伯爵在一旁说道：

“陛下刚才说道，要殿下暂时停止读书，免得过分劳累。不妨这样，我们先做点轻松的游戏吧，殿下意下如何？如果不放松一下精神，在今天晚上的宴会上显出疲劳的样子，那就不大好了。”

汤姆已经下了决心，等待王子回来以后再说。然而目前他却陷入了狼狈不堪、左右为难的困境。

唉，这种罪真不好受……

「专家解疑」

泰然自若：形容镇定，毫不在意的样子。

狼狈（bèi）：形容困苦或受窘的样子。

「名师点拨」

如今的汤姆对于国王的命令只能言听计从。对于自己的王子身份，只能被动接受。

因此，汤姆小心翼翼地跟这两位“监护人”商量：

“我累得很，头有点痛。我想找个安静的地方休息一会儿，行吗？”

哈弗特伯爵答道：

「名师点拨」哈弗特伯爵的这句话充分表现出皇宫中等级森严的局面。同时也可以看出，汤姆如今的地位与之前的穷困潦倒形成了鲜明的对比。

“啊，您想休息一下吗？是，是，这再好不过了。我立刻吩咐下去。”

于是铃一拉，侍童们马上赶了过来，在哈弗特伯爵的吩咐下，他们将汤姆搀扶进内室休息去了。

汤姆进房之后，非常疲惫，就坐在长沙发椅上，用沙哑的声音说：

“我想喝水。”

马上就有一个侍童捧上放着一杯水的金盘，跪在汤姆脚下。

汤姆把杯子抓起来，一口气就把水喝干了。汤姆干燥的喉咙被流进的水滋润着，他感觉味道不错。

「名师点拨」汤姆被误认为是王子之后，在宫中自然就受到了王子的待遇。生活上的事情无论大小都由仆人来代劳，从原来孤苦伶仃的乞讨生活转变为现在无比幸福的生活，汤姆真是拥有了一段传奇经历。

汤姆喝了这杯水，才觉得神志清醒了些，便伸出手想把皮鞋脱掉。

这时，一个侍童看到，急忙跑过来替汤姆把皮鞋脱掉。又有另外一个侍童，也飞跑过来替汤姆穿上拖鞋。

汤姆又打算把上衣脱掉。当他刚要脱的时候，掌管衣服的侍童，又赶忙跑过来，替他把衣服脱掉，另外给他换了一件轻软的衣服。

汤姆被这些奇怪的事情，惊得目瞪口呆、一动不动。事无大小粗细，都有侍童们一桩桩、一件件地代劳。

汤姆心里想：“不管三七二十一，我先躺在长沙发椅上，休息一会儿再说吧。”谁知道脑子里面胡思乱想得太多了，想睡也睡不着。

汤姆原本想把心安静下来，单独一个人好好地想一下的，然而在房间的角落里，有十几个侍童排列成行，笔直地站着，侍候着他，只要他稍微动一动手，或动一动脚，他们就会马上跑过来。

他觉得这种情形，十分令人不快，简直无法使他安静下来，思考事情更不可能了。

“唉——”

汤姆长长地叹息了一声，无精打采地闭上了眼睛。

侍童们心里想，该退出去了吧？不过，等了半天，王子仍没有下令叫他们退出房去，所以他们一步也不敢随便移动。

汤姆没有让侍童们“退下”，因为压根儿就没记着这回事。

汤姆被带到另外一间房里，他想起圣·约翰勋爵教给他的动作，于是把手一挥，命令道：“大家可以退下去了。”

汤姆这时的心情很平静，忽然发现墙壁上挂着一套钢盔和甲胄，立刻引起了他的好奇心。他想起在垃圾巷和伙伴们做打仗游戏的时候，所用的武器都是用纸做的假东西，现在这才是真正的武装。他想把盔、甲穿戴起来试试看。

汤姆走过去，把钢盔取下来戴在头上，随后又穿上铠甲，把胫甲围好，最后伸手去摘钢制的胸甲，忽然有一个东西从胸甲里掉到了地板上。他急忙捡起来一看，是一个金光闪闪、很硬很圆的东西。汤姆马上想到，这个沉甸甸的东西，正好可以用来敲胡桃吃。

于是，汤姆从口袋里掏出刚才装下的胡桃，就用这个东西把胡桃敲破，自由自在地吃了起来。这时他怎么会想到，这个金光闪闪的东西，后来竟解决了重大的问题。

汤姆吃完胡桃后，又把沉重的钢盔和铠甲挂回原来的位置。这时他又看到在墙角的壁橱里，摆着很多书籍，心想：“这些书也许有的很有趣呢！”他就顺手从里面抽出几本来，看到其中有一本，标题是《英国王家之礼节仪式》。

于是，汤姆便在柔软的沙发上坐下，饶有兴趣地看起书来。

下午五点多的时候。

国王亨利八世哼了几声，刚从噩梦中惊醒过来，就瞪着眼睛

「名师点拨」

如今的汤姆不是之前食不果腹、衣衫褴褛的小乞丐了，与现在相比，他更想回到之前那种无忧无虑的自由生活。

「专家解疑」

甲胄：盔甲。

自由：①不受拘束；不受限制。②在法律规定的范围内，随自己意志活动的权利。③哲学上把人认识了事物发展的规律性，自觉地运用到实践中去，叫作自由。

看着墙的那边，喃喃地咒骂着："……诺福克，你这浑蛋，你敢……敢来杀我！在梦中，你都不让我安静，可见你给我的刺激有多深。你这家伙图谋不轨，你存在一天，我就一天不能过安静的日子，简直是目无王法的叛徒！"

国王呼吸急促，两只眼睛布满血丝，十分恐怖，继续狠毒地骂道：

"好，你想要我的命，那我就先要了你的狗命！尽管现在我病得不轻，但是没有处死你之前，我是不会死的！"

侍从们听见国王在自言自语，才知道国王已经醒来，马上走到他身边来问候，并奏道：

"陛下，皇家法院院长在外面等候，要不要传他进来？"

"嗯，我正要找他，快，赶快叫他进来。"

皇家法院院长跟在侍从后边走了进来，跪在国王卧榻旁边奏道："贵族们接到圣旨，马上到议会集合，并一致决议判处诺福克公爵死刑，敬请陛下**裁决**。"

国王马上把笑脸变为狰狞的脸孔，说道：

"啊，已经决议死刑了，好，这我才放心。以后我要亲自到议会，

「名师点拨」小说中对于亨利八世的塑造都是通过其他人的反应来为读者呈现的，通过他对别人的态度和其他的一些方面来呈现。通过前文的体现足以说明亨利八世的狭隘和残暴。

「专家解疑」裁决：有关机构或人士经研究对有争议的问题做出处理决定。

亲手在决议文上盖印。”

“不，不，据臣愚见，陛下身体欠安……”

“不行，我要亲自……”

说着说着，国王的脸色突然泛青，本来已经坐起来的国王，又慢慢躺了下去。接着，御医慌忙走上前去，拿药给国王服下，又赶忙用冰袋给国王冰头。侍从们惊慌失措地忙乱了一阵子。

「名师点拨」随着国王年龄的增长，身体也越来越虚弱。同时也推动着故事情节的发展。

不久，国王稍微平静了些，才很困倦地说道：

“唉，我不行了，我已年迈无用，我的身体已衰弱到极点，连到议会去的体力都没有了。这样吧，还是老规矩，由你这个皇家法院院长代表我在决议文上盖印就好了。”

“是！谨遵圣命。那么，陛下，请把御玺交给我吧！”

院长所说的御玺，就是国王专用的印章。国王眉头一皱，说：“御玺？不是存放在你那里吗？”

“不。陛下在两三天前，已经叫我拿回来了。陛下当时还说：‘在处死诺福克公爵以前，暂时不会用它，将来处他死

刑时，由我亲自来用。’所以我便奉还陛下了。”

“哦，没错，是这样的。嗯，我想起来了。那么，放到什么地方去了呢？唉，我现在的记性真坏。让我想想看，从你那里拿来，之后……哦，哦，想起来了。对的，那时爱德华正在卧榻旁边，我就说：‘你替我收起来吧！’然后我就把御玺交给他了。啊，啊，还好我还记得！那么，快到王子那里取过来吧。”

「名师点拨」国王记起来御玺被王子收起来了，现在要去王子那里取过来。如今的王子是汤姆，他能知道御玺放在哪里吗？

哈弗特伯爵立即赶往王子的房间去。没多久，哈弗特伯爵回来了，他的脸色显出忧愁的样子，手上并没有拿着御玺。他用非常沉痛的口吻说：“陛下，实在不巧。殿下早已把保管御玺的事情忘到九霄云外了。今天要使用御玺，恐怕来不及了。还请陛下指示，臣等不胜惶恐之至。”

国王很悲伤地摆了摆手，说：“那就算了，不要再让他苦恼了。我一开始以为没有关系，只不过是一时的精神失常罢了，没想到，唉！休养一些日子，他一定会好的。病好了之后，自然会想起御玺放在哪里了。”

「名师点拨」面对假王子，国王始终没有任何的怀疑，而且性格暴虐的国王在提起王子时居然没有了任何脾气，可见国王对王子是非常关心的。

皇家法院院长战战兢兢地问道：“陛下，请恕臣冒渎，关于诺福克公爵的事，是不是要等殿下找出御玺后，再作决定……”

国王突然火冒三丈，怒叱道：“浑蛋！你想借此机会来使那个大坏蛋的处刑延期执行吗！就算是大御玺丢失了，也可以使用我在巡幸时用的小御玺，延什么期？”

“是，是。遵命。”所以，可怜的司仪长诺福克公爵，就这样被宣布明天处以死刑。

名家品评

汤姆虽然出身贫寒，但是面对巨大的诱惑却没有丢掉自己的本性。当国王要处死被关在伦敦塔的司仪长诺福克公爵时，正是汤姆的出言相劝才使国王开始重新考虑。汤姆的善良和坦诚依然存在。就在国王决定处死诺福克公爵的时候，御玺却神秘丢失了，御玺去哪了呢？诺福克公爵最终有没有被处死呢？这就是作者在本章留给我们的悬念。

阅读思考

1. 国王对于汤姆的态度是怎样的？
2. 汤姆为什么会说拉丁语？
3. 诺福克公爵当天被处死了吗？

贫民窟里的王子

流落街头，成为“凡人”的王子被汤姆父亲抓回家。王子极力地辩解却遭到汤姆父亲的毒打。面对毒打，王子依然坚持自己就是王子。汤姆的母亲开始怀疑王子的真实身份。约翰在殴打王子的时候把牧师安德鲁打伤了，他怕招惹麻烦，于是带着全家开始逃亡，这也打破了王子自己的逃跑计划。在全家逃亡的路上，王子有没有成功逃脱呢？

那么，真正的王子爱德华，后来情况如何呢？现在我们把话题转到垃圾巷去，讲讲那儿的故事吧。

“可恶，你还敢闹！”汤姆的父亲约翰，抓着大嚷大叫挣扎着的王子，往家里拖去。住在这巷子里面的一些人家，听到吵闹声，便跑出来问：“约翰，怎么了？”

这些人都是一些贫苦的人，其中有醉汉，有乞丐，有强盗，有的人比约翰他们还穷。由于王子叫得太厉害了，约翰气得吼道：“真可恶！汤姆这家伙疯了，一直在胡说八道。他说他是王子，真是岂有此理！因此，我要好好修理他一下，让他清醒过来。”

他一边吼，一边用粗大的巴掌，用力地往王子的脑袋上打。王子的嗓子尽管都喊哑了，不过仍大声怒吼道：“混账东西，你敢打我！”

「名师点拨」
王子与汤姆最初的表现完全相同，只是极力地否认自己现在的身份，但因为所处环境不同，王子否认的结果就是遭到毒打。

“嘿，你这家伙还在发疯吗？好，你试试看！”约翰捡起走廊上的一根棍子，就要往王子的脑袋上打。

“危险！”有一个老人，忽然从人群里面飞跑出来，挡在王子的面前，努力保护他。

“喂！滚开！”约翰大叫，不过这个老人没有丝毫畏惧。约翰因此更加愤怒了，又咒骂道：

“你这个老糊涂，少管闲事，你想替这个小鬼挨打吗？”一边说着一边抡起木棍朝着老人的头上打了过去。

老人哼了一声，就晕倒下去了。这个老人不是别人，就是安德鲁老牧师。

这时群众闹哄哄的，走廊也是漆黑一团，分不清谁是谁，所以当牧师被打倒在地上时，没有人把他拉起来。

约翰趁这机会抓住王子，拖进自己家里，“砰”的一声凶猛地把门关起来，那些看热闹的群众都被关在了门外。王子在墙角里倒了下来，似乎已经筋疲力尽，便趴在地上，战战兢兢地打量着屋内的一切。

他看见屋子里，有一张肮脏的桌子，在桌子上面放着一个小瓶子，瓶口上插着一支蜡烛，发着微弱的光。在这暗淡的灯光中，隐约地照出那边的角落里，有一个老妇人和两个女孩子，惊恐地蜷缩在一起。

“哦，那一定是汤姆的母亲和两个双胞胎姐姐。”

由于一直在约翰的注视下，他与三个女人没有谈话的机会。而那三个女人，也只是由角落向这边注视着。

约翰对她们说：“喂，你们看奇怪不奇怪，汤姆这小鬼疯了！”

“哎呀！你说什么？”老妇人忽然喊出来。

“喂，小鬼，你再说说你刚才说的那套疯话，再告诉我们大家你叫什么名字。你再说说看！”

本来脸色发青的王子，这时猛地变得通红，端端正正地站在

「专家解疑」

畏惧：害怕。

蜷缩：蜷曲而收缩。

「名师点拨」

作者通过环境描写，描绘出汤姆家贫困的生活环境。同时也从侧面反映了整个底层社会的生活状况。

「专家解疑」莫名其妙：没有人能说明它的奥妙(道理)，表示事情很奇怪，使人不明白。

「名师点拨」相比汤姆在宫中的表现，王子在汤姆的家里也一样保持着自己的本色，仍然坚称自己是王子，汤姆家里人也误会了，一样把王子当成了疯子。两个身份对调的孩子，在对方的家中有了这些神奇的遭遇，这是故事发展的一个脉络。

那里，瞪着约翰，厉声喝道："没有礼貌的东西！像你这样的人，简直忘了你自己的身份，竟然敢要我说出名字来。哼，真是莫名其妙！好，那我就再说一遍，你听着，我是王子爱德华！"

听了这番话，她们都吓呆了，相互看着，谁也没说一句话。

"哈哈哈……怎么样？吓坏了吧！哈哈，哈哈！"约翰说。

老妇人老泪纵横，很伤心地走到王子身旁，凝视着王子的脸，用手抚摩着他的肩膀，哭着说：

"唉，可怜的孩子，你真的疯了吗？汤姆，你老是喜欢到安德鲁牧师那里去学习功课，我本来特别高兴，认为这是值得庆幸的事情。谁承想，你竟然读书读得走火入魔，成了疯子！……汤姆呀，你不是时常给妈妈讲王子的故事吗？要知道，那是讲故事，怎么能当真呢？你不明白吗？汤姆，那是作家编写的呀！你怎么能够幻想你真的变成王子了呢！清醒一些吧，心平气和地想想吧！"

"我绝对不是什么故事里面的王子，我是真正的王子。"

"哎呀，你完全没有了辨别的能力。汤姆，不要这样疯疯癫癫的。你要明白，你是妈妈的宝贝儿子呀！"

"你不必担心你的儿子，他现在在王宫里面，平安无事，不会疯的。你们赶快把我送回王宫去，一切就会真相大白。我的父亲国王陛下，自然会叫你的儿子回来的。"

"啊呀，你说什么，你说你的父亲是国王陛下？汤姆呀，就说你是疯了吧，也不应当说这种话呀！你如果随便乱说这种大逆不道的话，会被捉去斩首的，连我们一家人都会被关进监牢里，可能会坐一辈子的牢呢。汤姆，你仔细看看我的脸，你不认得妈妈了吗？"

说着，老妇人就拼命摇晃着王子。王子瞪着她，很悲哀地说："我很抱歉，说实话，我真的是头一次看到你。"

这句话简直太残忍了，犹如一把刀子扎进了老妇人的心头，

她一下子倒在了地上，失声痛哭。贝蒂和南西也跟着妈妈一块儿哭了起来。

约翰大声咆哮：“呸！哭有屁用！都不准哭，不准闹！贝蒂和南西，你们简直一点儿规矩都不懂，怎么能够在王子殿下面前这样直挺挺地站着呢！这太不礼貌了，跪下，跪下！”

贝蒂和南西互相对望了一下，怕喝醉了的父亲打骂，只好照着他的吩咐，低着头跪了下去。

「专家解疑」

吩咐：口头指派或命令；嘱咐。

忍无可忍：要忍受也没法儿忍受，形容忍耐达到极限。

这时，约翰好像想起了什么一样，说：

“哦，对了，房东这个浑蛋，来讨房租好几次了。如果明天还交不上的话，我们就会被他赶出去。这也难怪，房租有半年多没有付了，最少也要先付他一个月，连我约翰都不好意思再赖下去了。

“喂，汤姆，不，要叫你王子殿下才对。殿下，你今天讨了多少钱，快点拿出来！你到底是什么时候发了疯的？然而，多少总该要到一点钱吧！喂，赶快交出来吧！”

“不要说这些无聊的话，我从来就没有讨过饭。我是王子啊！”没等王子把话说完，约翰就气得在他脸上扇了一巴掌。

“哎，不行！”老妇人一边用自己的身体保护王子，一边这样大叫道，“你太没有良心了！神经不正常的人，怎么还打他呢？越打会越发疯的，还不如让他早点儿睡觉呢！”

约翰的手掌，这回倒接二连三地打在老妇人的脸上了，边打边骂：

「好词好句」

接二连三

*王子眼见汤姆的母亲替自己挨打，简直忍无可忍，便摆脱姐妹俩的手冲了过去。

“什么，你这浑蛋，生出这么个孽种，还想干涉我吗？”

此刻，贝蒂和南西悄悄地走到王子身旁来，拉着他的手，想把他带到房子的角落去暂避风头。然而，王子眼见汤姆的母亲替自己挨打，简直忍无可忍，便摆脱姐妹俩的手冲了过去，骂道：“可恶的东西，我不能忍受这个女人为了我挨打。要打，你打我好了！你，你这恶棍！你这魔鬼！”

约翰听了这话，脸色像恶魔一样可怕起来，打王子的时候也更狠了，可怜的王子被打倒在地上。不过，愤怒的王子尽管被打倒了，但还是很勇敢地喊叫道："想打我，你就打好了。你尽管打我吧，不过不准你再打这个仁慈的女人！"

此刻，约翰在拼命揍了"疯小鬼"一顿又把老婆打得爬不起来以后，气也平了下来。于是瞪着大家说道："真是糟糕，惹起这样的麻烦来了。哎，还是等天亮后，看情形再想办法吧。不过，疯子的事情，很难说啊！保不准他会在半夜三更跑出去呢，所以最好把窗户和房门都上锁。好了，大家快点睡吧。这样无聊的吵闹，把我也搞累了。"

经他这样一说，女人们才放了心，然而，王子却感到很失望。他心里想："如此一来，根本就没有机会逃出去了。没有办法，今天晚上就在这里过一夜再说，等到明天早晨，他以为我就是汤姆，叫我出去讨饭的时候，我就趁机逃走吧。"

可怜的王子，下了这样的决心以后，就让贝蒂和南西牵着手，走到墙角旁边的稻草堆里去睡觉。两个"姐姐"把破布和稻草盖在王子身上，小声说："睡吧，什么都不要想，好好地睡一夜就好了。"

说罢，姐妹俩也钻进旁边的稻草堆里去了。

这时，已是夜阑人静，**万籁俱寂**，蜡烛早已熄了，房里一片漆黑，在静寂中只能听到约翰打的呼噜声。两姐妹也已入睡。这时候王子尽管很困，但还是翻来覆去睡不着。

又过了一会儿，忽然有一点蜡烛的光辉，从对面慢慢地移到这边来。

汤姆的母亲来了，她手里拿着一块面包，蹑手蹑脚地走过来了。

老妇人蹲在王子枕头旁边，小声说："汤姆呀，你还没有睡着吧！被爸爸打的地方还痛吗？这里有一块面包，你吃一点儿

「好词好句」
糟糕
失望
*保不准他会在半夜三更跑出去呢，所以最好把窗户和房门都上锁。好了，大家快点睡吧。这样无聊的吵闹，把我也搞累了。
*可怜的王子，下了这样的决心以后，就让贝蒂和南西牵着手，走到墙角旁边的稻草堆里去睡觉。

「专家解疑」
万籁俱寂：一切声音都停息了，形容四周非常寂静。

吧！”

“我什么都不想吃。”

“不想吃？唉，你还是不舒服吗？”

“请你不用担心。你的亲切关心，我很感谢。你真是一个好心肠的女人。我回宫以后，立刻禀告父王，他一定会奖赏你的。”

“明白。汤姆，我的孩子，不要再说了，也不要再想这种事情了。现在，你只要安安静静地睡吧。”

老妇人很伤心地抚摩着王子的脑袋，揩着眼泪，轻轻地走出去，把面包又收进柜子里，将蜡烛吹熄，回到自己的床上去了。

然而，老妇人一直睡不着。她担心的不仅仅是儿子的疯病，还有很多迷惑让她很烦恼。

仔细地想想，这孩子的言行举动，越来越不对劲，总觉得有很多奇怪的地方，无法解释。就说是精神失常吧，为什么和原来的汤姆大不相同？尽管，她不能清清楚楚地分析出到底怎么不同法，然而根据做母亲的直觉，她怀疑这孩子真不是她的亲骨肉。

“如果，他不是真正的汤姆，那怎么办呢？当然，绝对不是什么王子，这简直是天方夜谭。或许是别人家的疯孩子，跟汤姆长得一样也说不定。如果是这样，该怎么办呢？”

老妇人在黑夜里独自这样想着，越想越烦，辗转不能入睡。

“哎呀，不行，老这样胡思乱想，等一会儿连我也会发疯的。和他长得一模一样的孩子，世界上未必会有第二个，哪里会有这样凑巧的事情呢？我不相信。就拿双胞胎的贝蒂和南西来讲吧，我这个做母亲的看来，还是能够很清楚地辨别出来的。如此看来，汤姆肯定是真的疯了，所以他的言语举动，才大大地改变了。咳，对自己的儿子都发生了怀疑，真是糊涂。想想看，他的父亲约翰喝醉酒的时候，同没有喝酒的时候，态度就大不相同，何况这孩子疯了呢？”

老妇人心里反复地想，自己劝告自己：赶快把这些无聊的念

「名师点拨」

前面的文字中提到过，当汤姆整天乞讨却要不到钱的时候，回家不免要受到父亲的一顿责骂和毒打，并且还可能因此而饿肚子。所以，每当那样的晚上，母亲就会送一块面包给汤姆吃。当王子到了汤姆家并且也受到如此的待遇之后，汤姆的母亲也这么做了，可怜天下父母心啊！

「专家解疑」

天方夜谭：阿拉伯古代民间故事集，又名《一千零一夜》，内容富于神话色彩。后多用来比喻虚妄荒诞的言论。

胡思乱想：没有根据或不切实际地瞎想。

头除掉，快睡觉吧。然而，翻来覆去心头的疑虑久久挥之不去。

“不管怎么想，他跟真正的汤姆，还是有些不同。”

母亲终于想道：

“对了。还是想个办法来试验他一下，或许就能断定他是不是真正的汤姆了。总而言之，不管他是汤姆也好，不是汤姆也好，如果不弄个明白，那么今天晚上怎么也睡不着……唉，想个什么好办法呢？”

当她正在冥思苦想的时候，听见从那边角落里“嗯……嗯……”地传来了轻微的呻吟声。那个少年，似乎在做什么可怕的噩梦，呓语连篇。

「专家解疑」
呓语：梦话。

可怜的王子经历了饱受折磨的一天之后，确实太疲倦了，于是不知不觉地进入了梦乡。

汤姆的母亲听到这种痛苦的哼声时，突然想起一条妙计。于是她马上爬起来，又跟刚才一样，轻手轻脚地来到汤姆身边，一边在心里盘算着：

「名师点拨」
我们都说母亲是最了解自己的孩子的，因为从小到大母亲和自己的孩子接触得最多，对于孩子的了解也最深。所以，即使孩子有一些非常细微的变化，她也能觉察出来。虽然外貌酷似汤姆，可是母亲还是凭借直觉感受到了，他确实不是汤姆，因此想要验证一下。

“对了，用这个方法，来试验一下。汤姆在年幼的时候，胆子非常小。有一次，有人在他面前放鞭炮使他大惊失色，从此以后每逢有人从背后吓他一下，或是当他睡着了的时候，突然把他叫起来的话，他总是惊慌失措地捂着眼睛，这已经成为他的一种习惯了。”

“对了，我去把汤姆叫醒，看他是不是还有那个老毛病……”

老妇人慢慢地走近王子，看见睡在稻草窝里的王子，正紧皱着眉头，打着轻微的鼾声。

她先是轻轻地将蜡烛亮光移向王子的脸，然后使劲在地板上跺了两三下。

王子被这意外的响声惊醒过来，睁开眼睛瞪着汤姆的母亲。此刻，王子尽管有点受惊的样子，却并没有用手来捂着眼睛，只是用疲乏的声音问道：

“你还没有睡吗？不早了，快点去睡吧。”

汤姆母亲的眼睛定神地看着王子的脸，许久，才闷声不响地回到那边去，把蜡烛吹熄了躺下睡觉，但是心里面仍是七上八下的。

“唉，这孩子虽然那样大吃一惊，但是没有用手来捂眼睛，这跟汤姆的习惯不同。无论怎样神经错乱，未必连很多年的老习惯都会忘掉吧？”

「名师点拨」汤姆母亲对汤姆的一切习惯都记在心里，当看到现在的“汤姆”异常的举动时，内心不由得产生了怀疑。

她越来越疑惑。然而光凭这一点，她也无法断定这个孩子是不是汤姆。在没有试验以前，本以为这是个好办法，谁知道在试验后，又想道：

“疯了的人，或者连习惯都会改变，也说不定。唉，睡吧！迟早会明白的……”

于是，她就勉强把眼睛闭上了。

那天夜里，当疲乏过度的王子带着悲哀和痛苦的心情，在稻草窝里睡着，汤姆的母亲也睡着之后，不晓得过了多长时间，突然一阵急促的“咚咚咚”的敲门声吵醒了他们。

「名师点拨」当一家人都入睡之后，是谁在大半夜来敲门呢？作者巧设悬念，吸引读者注意力，同时引出下文。

在黑漆漆的房子里，听到约翰的声音在问：

“是谁？”

随后他便爬起来，走过去把房门打开，外边有人小声在说：

“喂！约翰，赶紧逃走吧！”

“怎么了？”

“你刚才在走廊那边，用木棍打倒在地上的那个老头儿，你知道他是谁吗？”

“我怎么会知道，管他是谁呢！”

“喂，那是牧师安德鲁哟。据医生说，他的伤势很严重，说不定就会死去。你这家伙，如果怕警察抓去坐牢的话，就赶快逃走吧！”

“是吗？那真糟糕！谢谢你来告诉我。喂，大家都起来，赶快逃走吧。跑得稍慢一点，可能就会有杀头的危险！”

「名师点拨」虽然约翰脾气暴躁，但是他也知道自己的所作所为会给自己的家庭带来怎样的影响。

「专家解疑」
惊慌：害怕慌张。
兴高采烈：兴致高，情绪热烈。

约翰惊慌失措地带着一家老小，在深更半夜里偷偷地逃出城去。他紧紧地抓着王子的手，一点都不肯放松，一边跑一边悄悄说道："喂，汤姆，你给我记着，在路上绝不准乱说话。你如果还乱说话，说些疯话，那就会马上引起警察的怀疑，听清楚了没有？只要你多说一句废话，我就揍死你，你给我记住！"

一家老小，在约翰拉着爱德华的带领下，没多久就跑到了泰晤士河边。

此时，天已经很晚了！不晓得是什么缘故，今天晚上街上的人特别多，大家都从河边朝着伦敦桥那边走去，你推我挤的，十分混乱。而且这些男男女女差不多都喝了酒，兴高采烈，有的人在跳舞，有的人在高呼万岁。到处都点着庆祝的灯火，照耀得犹如白昼一般，还不断地有烟火飞上天空。约翰一家此刻被群众给挤散了。

「名师点拨」
王子本来打算趁乱逃走，但是约翰却没有给他这样的机会。

如今，只剩下王子一个人还被约翰拉着。王子寻思，要逃就要趁这乱哄哄的机会逃，不过约翰把他的手抓得很紧，所以一点机会也没有。

"咳！一家人都被挤散了。"

约翰一边在喃喃地抱怨，一边拖着王子，用胳膊推开众人硬向前冲，忽然和一个喝醉了酒的水手撞了个满怀。

水手一把抓住约翰的肩膀，骂道：

"喂，老兄，你这样慌张，忙着要赶到哪里去呢？今晚，全城的市民都在为王子殿下欢呼万岁，庆祝舞蹈。你这家伙，莫非不晓得殿下今晚参加伦敦市的大宴会吗？你为何这样乱冲乱撞地赶路呢？"

「名师点拨」
忙于逃命的约翰现在哪有心情跟水手纠缠，他只想赶紧逃离现在的地方，毕竟保命比任何事情都重要。

"少管闲事！放手！"

"哎呀，你怎么这样说话，为了王子殿下，如果你不喝一杯，是不让你走的。来，干一杯！你瞧，这里有酒杯。"

"我要赶路啊！好，好，没有办法，那就叨扰一杯吧。"

约翰下意识地松开了拉着王子的手，去接水手递给他的酒杯，然后一饮而尽。就在这一刹那，王子很敏捷地一闪身，钻进了人群里撒腿就跑，转眼就不见了。

约翰心想，糟了，这么多的人，简直没有办法找。只好暂时作罢，等以后再想办法。

王子继续在人群里钻，直到认为不会再被约翰捉住了的时候，才稍微放了心。这时，他想到汤姆，愤恨地在心里说：

“*对了，那个小叫花子汤姆，今天晚上一定会冒充王子，到伦敦市政厅参加宴会的。他简直胆大包天，没准一开始他就打定了篡夺王位的主意。门口那些卫兵，可能跟汤姆沆瀣一气，也未可知。没准有一帮叛徒，早就潜伏在王宫里面，打算夺取我那王子的宝座！*”

王子想到这些，感觉自己上当受骗了，于是越想越气。他马上下了一个决心：

“好！我不管叛徒们打算怎样谋害我，全国必定还有很多忠义之士。我这就跑到市政厅去，宣布我的身份，检举那个小坏蛋的阴谋，并且声明‘真正的王子在这里’！随后，再制裁汤姆这一帮想造反的人，把他们送到伦敦塔去关起来……”

王子打定主意后，匆匆地穿过人群，赶往市政厅。

「智慧引路」

遭遇到各种困难的王子如今也改变了自己的想法，可见环境带给人的影响是多么的大。

「专家解疑」

沆瀣（xiè）一气：唐代崔瀣参加科举考试，考官崔沆取中了他。于是当时有人嘲笑说，“座主门生，沆瀣一气”（见于钱易《南部新书》）。后来泛指臭味相投的人结合在一起。

名家品评

王子被别人误解后，一直在维护自己的身份，一味坚持之后，等待王子的却是约翰的一顿暴打，而汤姆的母亲却极力在保护着王子，体现了汤姆母亲的善良以及母爱的伟大。在全家逃亡中，王子摆脱掉约翰，同时也对汤姆当初的动机产生了怀疑。其实王子的怀疑也是在所难免的，想想自己如今的处境，再想想之前自己的享乐，这一鲜明对比让王子一时之间无法接受。

阅读思考

1. 王子为什么会遭到约翰的殴打？
2. 汤姆睡觉时有怎样的习惯？
3. 为什么约翰要带着家人逃走？

王子和武士

王子独自一人来到了市政厅，极力地向人们介绍自己的身份，但人们只是把他当成一个疯子。这时候一个神秘的武士出现了，神秘的武士是谁呢？神秘的武士又做了些什么呢？武士帮助王子摆脱困境之后却又遇见了汤姆的父亲——约翰。约翰一门心思想把王子带走，又是武士出面替王子解了围。王子向武士讲述了他离奇的经历，武士会相信王子说的话吗？他会不会像其他人那样说王子是个疯子呢？

这时，市政厅的大厅里正在举行宴会。

衣着华丽的汤姆，这时候正端坐在正面高大的椅子上。伊丽莎白公主和珍·葛莉郡主像一对玉人儿一般分坐在两旁。宫廷侍从、贵族和贵夫人们排成一行，坐在后边的椅子上。他们只要稍微有点动作，身上佩戴的勋章和宝石就会受到灯光的照耀，像星星一样闪闪发光。

穿着深红色礼服的市长和市议员们，排列成两三行，坐在离开席位稍远一点的地方；伦敦市的其他要员们，坐在离得更远些的席位上。大家一次次举杯庆贺，随着音乐的响起，贵族和贵夫人们开始了热闹的化装舞会。在喜气洋洋的音乐声中，还有时时从外面传来放烟火的爆炸声、放礼炮的隆隆声，以及民众的欢呼

声……夜渐渐地深了，市政厅里的人们欢乐、愉快的心情已达到高潮。

汤姆从正面高高的席位上，饶有兴趣地俯瞰着这豪华的场面，心中不免感慨万千，暗想：“啊，昨天我还是沿街乞讨的小叫花子，今天竟然变成高高在上的王子了。”

人生像戏剧一样变幻莫测，让人难以捉摸！而且，竟没有任何人发觉这种事情的突变，更没有谁知道这位假王子的心情是如何的痛苦。

「智慧引路」 人生在世，总是有那么多的巧合和遭遇。小说中那些巧合的情节设置基本都是在一路延伸着作者的构思，作者也借此表达自己对人生一些巧合的感叹。

然而，世界上只有一个人知道，他虽然不知道汤姆的心情，但是他确实知道汤姆是假王子，那就是爱德华王子。此刻，他正穿着一身破破烂烂的衣服，跑到了市政厅的门前，一面用力挤过人群，一面高声喊叫：

“我是真正的王子！现在在宴会上的是冒充的假王子！喂，喂，不要挡着路，让我过去！让我到市政厅里面去……”

喝得醉醺醺的群众，看见出现了一个“小疯子”，满嘴胡言乱语，不由得哄堂大笑。

「专家解疑」 哄堂大笑：形容全屋子的人同时大笑。

王子不断地大声喊叫，引得群众不断地爆笑。其中也有人骂道：“你这个浑小子，就算是发了疯吧，也不应当说这种冒犯王室尊严的话呀！”也有不少人，用手来推他，或是用脚来踢他。显而易见，当然没有人会让路给他，反而把他推到人群后边去了。

王子虽然被人家推来挤去，但还是继续拼命喊叫：“混账东西！你们竟然敢对我无礼！让开，让开，无论你们怎么拦阻，我一定要走过去，你们等着瞧好了。”

「名师点拨」 内心的种种不平让王子再次失去了理智，他仿佛忘记自己刚从皇宫出来的时候所遭遇的一切，再次把自己摆在了王子的位置。

当王子以悲壮的声音这样怒吼着，硬要闯进人群的时候，有一个人用手摁住他的肩膀，劝道：“喂，小伙子，不要再去乱挤了，那样会被人家踩死的！”那个人接着又说：“我不管你是王子或是乞丐，我认为你是一个勇敢、豪放、不屈不挠的英雄。

“倘若这些家伙们都要跟你作对，我跟你做朋友。你放心好了，万一有什么事，碰到紧急关头的话，我会拔剑相助的。”这个人一边说着一边用手在腰边挂着的长剑上敲了敲。

这位武士身材高大魁梧，服装奇怪，是半世纪以前的样式，似乎刚从哪个化装舞会跑出来一样，不过却长得英俊潇洒，而且神情泰然。他头上戴着插有羽饰的帽子，然而大衣、皮靴、衣服等，都已陈旧不堪，有的脱了线，有的磨光了，有的皱得一塌糊涂，不过，质料做工都很精美，一看便知道是上等货。

「专家解疑」
泰然：形容心情安定。
风驰电掣：形容像刮风和闪电那样迅速。

不管是谁，一看就知道他是流浪天涯的武士。

群众看见“小疯子”那边忽然出现了一个保护人，大感意外，立刻就你一句我一句地辱骂那人：“嘿！又来了一个疯子。听，他在放什么臭屁，让我们大家来好好地揍他们一顿！”

“对，对，一起动手，把这两个家伙揍死！”

「名师点拨」
当人们还在嘲笑“疯子”王子的时候，突然出现的武士也引起了人们的讥讽，但通过前文我们可以了解到，疯的人应该不是王子和武士。

当群众蜂拥着冲过来袭击他们的时候，武士就飞快地一闪，拔出明晃晃的长剑，大喝一声：“嘿，你们这些坏蛋，不晓得我麦尔斯·亨顿的厉害吗？”

他用剑背，把最先跑过来的一个人一下子就打倒了，接着就风驰电掣般地向前后左右挥舞长剑。一会儿工夫，又有七八个人倒在地上。他的动作真是利落至极。

正在危险万分的时候，突然有人在叫：“让路，赶快让路！国王陛下的使者来了！”

黑压压的人群急忙闪出一条路来，没多久，听见一阵由远而近的马蹄声，随后，就看到一队头戴闪亮钢盔的骑兵，穿过人群飞快地向市政厅大门跑了过来。接着群众纷纷拥了过来。武士亨顿就趁这个好机会，对王子大叫道：“朋友，快，我们走吧！”接着，他就拉着王子的手，一口气跑过大广场，跑向远远的黑暗中不见了。

这时，市政厅里的盛大舞会正是热闹非凡的时候，忽然听说宫中有急事来报，所以，大家都在窃窃私语，议论纷纷，都猜不透到底发生了什么事情。忽然，喇叭声响起，大家都站了起来，迎接使者。

使者以特别严肃的态度，向静默无声的大众宣布噩耗：“国王陛下驾崩了！”

顷刻间，在场的人都愣住了，大家都低下了头，两三分钟之内，没有一个人抬起头来，大家保持静默，表示哀悼与祈祷。过了一会儿，大家又一起跪在地上，朝着汤姆，举起手来大声高呼：“国王陛下万岁！”

面对此情此景，汤姆又是激动，又是悲痛。于是他下定决心：在王子未出现前，自己必须继续干下去，做到哪一天算哪一天，直到王子回来为止。

汤姆下了这个决心以后，就向站在旁边的哈弗特伯爵说道：“哈弗特伯爵，现在我在这里，倘若以国王的身份颁布命令，是不是可以？大家会服从吗？”

“殿下……不……陛下，是这样的，陛下的金口玉言就是最高的法律，任何臣仆都不敢违背的。”

汤姆振作精神，以紧张而严厉的神情点点头，环顾四周，然后以极具威严的声调宣布道：“现在，大家听着，从此以后，国王的法律是以仁慈为本。现在马上派人赶往伦敦塔去，宣布我的命令，特别赦免前司仪长诺福克公爵的死罪！”

大家听到“国王”汤姆这第一道仁慈的命令，马上涌起了震撼大厅的欢呼声：“爱德华六世陛下万岁！”

武士亨顿和王子两个人，因为遇到那一队骑兵，从而逃出了暴徒的包围。他们俩沿着大街小巷跑着，不觉来到伦敦桥畔。

此刻，这里到处是交头接耳的人们，他们相互传布着那件新闻。

“国王陛下驾崩了！”

“亨利八世升天了！”

噩耗像晴天霹雳般地震撼了王子的心，他痛不欲生，泪流满面，

「专家解疑」

祈祷：一种宗教仪式，信仰宗教的人向神默告自己的愿望。

赦免：以国家命令的方式减轻或免除对罪犯的刑罚。

震撼：震动；摇撼。

痛不欲生：悲痛得不想活下去，形容悲伤到极点。

「名师点拨」

虽然汤姆并不是真正的王子，但在如今的情况之下，他无从选择。而且他下定决心要做好一切，也表现出汤姆敢于承担的性格。

「好词好句」
大惊失色

* 小国王爱德华六世下定这个决心以后，就一只手揩着眼泪，一只手让亨顿牵着走。

* 当他们两个人正要走进公寓的大门时，突然有一个人像幽灵似的从背后伸过手来，抓住王子的胳膊。

心想：“父王虽已过世，然而叛徒们仍在王宫里，我暂时无法回去。由此可见，不管我走到哪里，也只是被人们当作疯子而已。现在只有这个武士特别照顾我，成为我的朋友。不过他也是把我当疯子看待，他跟大家一样，不相信我是真正的王子。庆幸的是，这个武士是个忠义之士，曾经解救我于危难。如今除了依靠他，别无办法了。”

小国王爱德华六世下定这个决心以后，就一只手揩着眼泪，一只手让亨顿牵着走。

亨顿武士的住所是一间很小的公寓，就在伦敦桥附近。

哪晓得，当他们两个人正要走进公寓的大门时，突然有一个人像幽灵似的从背后伸过手来，抓住王子的胳膊。他大惊失色，回头一看竟是约翰·康蒂。

“喂，小鬼，这回再也不会让你跑掉啦！”

此刻，亨顿站在两个人当中，拦着说：

“稍等，你为何随意打人。这个小孩子到底是你的什么人？”

“少管闲事，他是我的儿子。”

王子气得满脸通红，叫道：“不是的！他胡扯！”

亨顿笑道：“嗯，你说得对！不管你是疯了也好，没疯也罢，你的话都让我坚信不疑。就算这个暴徒是你的真正父亲，但是，他一把就抓住你的胳膊，恨不得一口吞了你，这么蛮横、这么凶的父亲，不跟他在一块也好。你的意思怎么样，是跟这个家伙回

去呢，还是跟我在一起呢？”

“求求你，请让我跟你在一起吧。我宁肯去死，也不想跟他走。”

约翰一听，怒吼道：“呸！别瞎吹！你不回去，是不是？那就凭力气来解决吧，滚过来！”

亨顿手按着剑，骂道：“嘿！你这流氓！如果胆敢动孩子一个手指头，我就让你横尸街头！你好好听着，我看不惯你这残忍无情的举动，我是不会把孩子交给你这个恶棍的！而且，这个孩子刚才也说过，他宁愿死也不愿意跟你去。”

「名师点拨」即使王子故意逃走，汤姆那可恶的父亲也还是能够找到他，可是幸亏有了亨顿的保护，约翰并不敢轻举妄动。

“喂，喂，赶快滚吧！我可是个急性子的人，不耐烦跟你啰唆。”

“倘若，你再要纠缠的话，可别怪我不客气了！”

约翰尽管厉害，但听到这个莽汉这么一说，也吓得不敢再啰唆了。

“好，你给我记着好了！”他只说了这样一句充面子的话，就不见了。

亨顿牵着王子的手，一进公寓大门，就吩咐一个伙计说：“马上把饭拿来。”

说完就登上三楼，到自己的房间去了。这个房间非常简陋，所有的家具也不过是一张破烂的旧床和一张站不稳的桌子。桌子上点着一支蜡烛。

「专家解疑」简陋（lòu）：（房屋、设备等）简单粗陋；不完备。

王子一看见床，就再也支持不住了，他用很疲惫的声音说道：“啊，我累得要死，想睡一会儿。饭好了，再叫我起来。”

说着就上床躺下，顷刻间就打起呼噜来了。因为从早晨一起来，他就一直是在紧张、痛苦中度过的。

亨顿一边听着他打呼噜的声音，一边很高兴地想道：“瞧，这倒很有趣呢，这个小叫花子跑到人家房里，随随便便躺在床上就睡了，好一副神气的样子！而且，一句客气话也没有，只说了一声‘饭好了，叫我起来’。哈……哈……不错，他既敢自称王子，自然就有这样高傲的气派。可见，这孩子一定是受尽了人间的折磨，才疯了的。唉，以后我来保护他吧，尽管他有点疯，却不失天真无邪的本色。

「专家解疑」

天真：①心地单纯，性情直率；没有做作和虚伪。②头脑简单，容易被假象迷惑。

眉清目秀：形容容貌俊秀。

“啊，看他睡觉的样子，一副龙形虎卧的姿态，他的相貌确实不凡：天庭饱满、眉清目秀，的确很像个王子。他现在虽然穿着破烂的衣服又在疯狂中，还这么像模像样的，将来要是清醒过来不发疯了，再穿上漂亮衣服的话，肯定更像个真正的王子。嘿，多么可爱的孩子，得想法子给他把病治好。他一定是受尽折磨才气疯了的，因此只要我细心地照顾他、爱他，他的病就会慢慢好起来的。对，以后最好顺着他一点，随他的便，他高兴怎么样就让他怎么样，再看情形，慢慢地来开导他。啊，就这样睡会着凉的。但是，也没有东西给他盖……对，就把我的上衣给他盖上吧。”于是亨顿脱下自己的上衣，轻轻地给王子盖在身上。

「名师点拨」

武士对与自己并不相识的王子给予无微不至的照顾，体现出武士善良的性格特点。

没多久，公寓的伙计就端来了饭菜，放在桌子上，关上门就走了。

王子被这声响给吵醒了，在床上坐起来，向四面八方看了一遍，显出悲哀的脸色，意思好像是说：“哎呀，这里不是王宫啊！”

他看到自己身上还盖着上衣，就向亨顿微笑道：“哦，你这人真好，你也冷了吧？赶快拿去穿起来吧。”

王子一骨碌下了床，走到房间的角落里，站在洗脸架旁不动了，脸上一副不高兴的样子。亨顿觉得很奇怪，问道：“怎么了，要洗脸吗？”

「好词好句」

一动不动

不耐烦

*王子一骨碌下了床，走到房间的角落里，站在洗脸架旁不动了，脸上一副不高兴的样子。

“哈哈，这些事情，你用不着预先告诉我。不管是毛巾，还是其他的东西，反正我所有的东西，你都可以随便用，别客气。”

听了这些王子愈发生气了，还是一动不动，一副不耐烦的样子。亨顿又惊讶地问道：“到底是怎么回事呀？”

这时，王子终于用很不高兴的声调说道：“给我倒洗脸水来！以后不要乱说话，不管什么事情都应当不声不响地去做。”

亨顿心里想："哈，哈，真滑稽！架子还不小，真把自己当王子殿下了！"

于是，他就毕恭毕敬地走过去，把水倒进洗脸盆里，等他洗脸。看情形，他没有自己动手去拿挂在眼前的毛巾的意思，还要等着人家来侍候。亨顿只好很有礼貌地拿下毛巾递给他。

王子用毛巾擦了脸，把毛巾交给亨顿以后，就不管三七二十一地走到桌旁坐下，自己一个人吃了起来。

亨顿心想："哎呀，我的天！他倒是真不客气。"

但是，亨顿对于这些情形，不但没有一点儿不高兴，而且很欣赏这个孩子模仿王子的样子，有板有眼，太逼真了。他觉得又好玩又好笑！他拉椅子过来，想坐下来一起吃饭。

王子突然申斥道："等一等，你这没有礼貌的东西！竟然敢在国王面前坐下来吗？"

这两句话可把亨顿吓了一大跳，他慌忙从椅子上站起来，惊恐地瞪大眼睛，看着眼前这个狂妄的少年。

他心里想道："真奇怪！这个小疯子越来越自大了。现在，他竟自命为国王起来了。唉，有什么办法呢？不如就凡事顺着他来吧，在他的病治好之前，尽量不去扫他的兴吧。"

待人温和好心肠的亨顿，一半是开自己的玩笑，一半是觉得有趣。然后，他忍着饿，规规矩矩地站在王子身后，很有礼貌地侍候着。

"你的姓名是叫麦尔斯·亨顿吗？"

"是的，陛下。"

亨顿也把自己的身价降低为义务的臣仆了。

这时，王子也高兴了，随后问道："我很想知道你的情形，你可以把你的身世讲给我听听。你的剑术相当不错，富有侠义精神，品格还挺高尚的。你是不是贵族出身？"

"是，多谢陛下。我的家是最低微的贵族。家父曾蒙先王封为

「专家解疑」

滑稽：①形容言语、动作引人发笑。②曲艺的一种，流行于上海、杭州、苏州等地，和北方相声相近。

有板有眼：形容言语行动有条不紊，富有节奏或章法。

「名师点拨」

麦尔斯不止一次地帮助王子，王子仍然保持在皇宫里的做派，认为麦尔斯应该伺候他，由此可以看出王子的无礼。

「名师点拨」

虽然亨顿从心里就觉得王子是个胡言乱语的小疯子，但是他仍然乐意伺候王子吃饭，这也可以看出亨顿内心的善良。

男爵，庄园设在肯特郡乡下，名称是李察德·亨顿爵爷。”

“哦，这个名字，我想不起来了。你再详细讲讲看。”

亨顿没办法，只好装着一本正经的样子，答道：“是。家庭琐事，真不好意思谈起。家父很有钱，家母在我小的时候就已经去世了。我们兄弟共有三人，哥哥名叫阿瑟，为人很正派；弟弟名叫修，心术不正，贪得无厌，是一个坏蛋，我真不愿意承认他是我的弟弟。其实，我是被弟弟陷害，十年前被逐出家门的。讲这种琐碎的事给您听，真是太不敬了。”

“什么？你被弟弟的奸计陷害了？哦，你跟我一样嘛！我们两个人的命运基本相同！你再往下讲。”

“是。这真是家门不幸，我简单地讲吧。哥哥阿瑟因为久病卧床不起，病得非常厉害，万一不幸去世，亨顿家的继承人，按照长幼秩序当然是我。因为我弟弟特别想当继承人，为了达到目的便诬陷我是盗贼。有一天晚上，他从家里偷了一笔款子，再故意把我常用的衣物遗落在现场，随即就拿这个做证据，告诉父亲说，‘昨天晚间的事，就是哥哥干的啊’。”

“哦，真是一个坏蛋！那么，之后呢？”

“哎，说来话长，结果父亲相信了。因为我弟弟不仅诡计多端，而且又巧舌如簧，精明能干，加上他是小儿子，平日里父亲就特别喜欢他。因此，当时父亲宣布跟我暂时脱离父子关系三年，剥夺我的继承权，就把我赶出家门了。所以我只能背井离乡，四处流浪，准备三年后再回来。于是我到欧洲大陆去了。当我想成为伟大的军人，正在研究军事的时候，战事发生了，我便参加了几次战役，每次我都表现得很英勇，在一次战争中，不幸被敌军俘虏，坐了七年牢。”

“啊呀，在监狱里住了这么久！”

“没错。以后就想方设法，好不容易才逃出监狱，偷渡归国。昨天才回到伦敦，这十年里，故乡亨顿庄园的情况怎样，以及父亲、

「专家解疑」

一本正经：形容很规矩，很庄重。

琐事：细小零碎的事情。

贪得无厌：贪心大，老不满足。

诬（wū）陷：诬告陷害。

巧舌如簧：舌头灵巧得就像乐器里的簧片一样（语本《诗经·小雅·巧言》），形容能说会道，善于狡辩。

想方设法：想尽办法。

「名师点拨」

武士的弟弟为了使自己成为家里的继承人，故意栽赃陷害哥哥，此处将其内心的险恶表露无遗。

兄弟们的生活如何，我一概不知。”

王子听他讲完，十分同情他，对其弟弟的行为非常痛恨，“咚”的一下把桌子捶得发响，怒骂道：

“好，将来我一定要审判他。当我当上了国王，我会处罚你弟弟的。”

过了一会儿，又说：“嗯，那么，这回该你听我讲讲我的情形了。”

于是，王子就把他的灾难经过讲了一遍。在他讲的时候，亨顿静静地听着。等他讲完了的时候，亨顿很是吃惊，心里想道：“瞧，这孩子，真是具有惊人的想象力！倘若要写作的话，也可以成为一位最富想象力的童话作家！即便他是在讲疯话吧，脑子里又怎么会毫无根据，而且又是这样合情合理地讲出这样有趣的故事呢？这样聪明的人，怎么会发疯呢？怪可惜的。好，我要尽我的力量来保护这个无父无母的孤儿，要想尽办法把他的病医好。他真是一个可爱的孩子……”

「名师点拨」从本段对话中可以看出，王子与武士已经成了无话不谈的好朋友。而且王子之前所表现的傲慢和无礼仅表现在礼节，平时的他还是很平易近人的。

这时，王子好像又想起了什么一样，说道：“对了，你把我从危险中救出来，你的功劳很大，我很想好好地酬劳你。你说说你的愿望，不管什么请求，我都会答应的。尽管现在我还不是国王，不过将来一旦回宫，我将满足你所有的愿望。”

「专家解疑」酬劳：①酬谢（出力的人）。②给出力的人的报酬。

亨顿很高兴地想了一会儿，然后毕恭毕敬地答道：“谢谢您的好意，那么请恕我冒昧，我想请求陛下，特准我在陛下面前坐下来，那就荣幸之至了——这可能是不应该的、过分的请求，尚乞陛下恕罪。”

“嗯，我答应你，我赐给你此项特权。同时，我还要封你为爵士。”

王子说完后就站起来，从恭敬地跪在那里的亨顿身上把长剑抽出来，用剑背搁在亨顿的肩上，举行授爵仪式。然后朗声宣布道：

“麦尔斯·亨顿爵士站起来！现在，特准你在国王面前坐下！”

「名师点拨」亨顿武士只是把王子给他封爵的事情当作是王子脑子受刺激之后的一次无意之举，但事实上这真是王子的无意之举吗？

亨顿赶快坐到椅子上，心里笑道：“这下子开心得不得了了，不仅以后不用罚站了，而且这位童话故事中的国王，还封我为爵士哩。”

当然，他做梦也不会想到：在国王面前蒙获赐坐的，在英国，他为第一个，此次封爵的事，也果有此事，绝非儿戏。

当夜，到了就寝的时候，亨顿不得不把唯一的一张床让给王子睡，自己如同仆人一般，睡在房间角落的地板上。次日清晨，他走向尚在沉睡的王子身边，悄悄给他量了衣服的尺码，便带着微笑蹑手蹑脚地出去了。

「名师点拨」亨顿武士特地为王子买衣服、鞋子，可见他对王子的确非常关心。

亨顿来到城内，找到两三家旧衣铺，照着刚才量好了的尺码，买了一套男孩的服装。

“这一套马马虎虎可以凑合了。现在我也很穷，买不起上等货色，而且这套衣服看来也很合他的身子，让他穿上，我们就立刻出发到我的故乡肯特郡，也不过只有两三天的路程。一旦到了家，就可以给他准备更漂亮的衣服了，再弄点好东西给他吃。对了，还得买一双皮鞋。这孩子也许一年四季都是赤着脚，穿起皮鞋来，可能会觉得很不习惯。也许会再摆出国王的身份，默不作声地把脚一伸，叫我给他穿鞋子呢！哈哈……”

「专家解疑」

儿戏：①像小孩子游戏那样闹着玩儿，比喻对工作或事情不负责、不认真。②小孩子做的游戏，比喻闹着玩儿的或无足轻重的事情。

疑惑：①怀疑困惑。②怀疑困惑之处。

亨顿把买好的童装和皮鞋抱在怀里，兴致勃勃地回到寓所，走进房间，跑到床边问道：“陛下，您还没有睡醒吗？”

“啊呀……”

怎么回事，人去了哪里？转而一想：“也许是上厕所去了吧？”

正在疑惑的时候，门忽然打开了，进来的不是王子，而是公寓的伙计送早餐来。亨顿忙问道：

“喂，你知不知道，那孩子到哪里去了？”

伙计一听，吃惊地反问道：“哎呀，先生，您还不知道吗？”

“当然不知道，知道还问你吗？”

“先生，您刚出去不久，就有一个青年急急忙忙地跑了进来，他说是你叫他到这里来，把小孩子带到萨札克森林去，你在那里等他。”

“什么？我压根谁也没拜托啊，怎么会有这回事。后来怎么样呢？”

“我怎么会知道后来的事呢？本来我还信以为真哩。”

“嗯，那么，小孩子跟那人说了些什么呢？”

“哦，他架子十足地申斥了来人一番，还骂那人浑蛋，这么早就把他吵醒！而且，还抱怨您简直没有礼貌，照规矩应当亲自来。”

「专家解疑」
申斥：斥责（多用于对下属）。

“他发脾气了，有意思。那么，后来呢？”

“他一面喃喃地抱怨说，‘既是亨顿派来的人，那就不好意思不去，好，走吧’，就走出去了。”

“糟糕！肯定是那人趁我不在时，将孩子拐走了！问题严重了，那个青年是一个人来的吗？”

“是，是一个人。”

“的确是一个人吗？你仔细想想看，是不是还有人在外边等着呢？”

“哦，您这么一提，我倒想起来了：当我偶然从那边窗口向外边望的时候，看见您的少爷和那个青年两个人走到大街转弯的时候，另外还有一个人混在人群里面，跟那个青年使了一下眼色，随即就跟在两个人后边一道走了。”

“嗯，我猜得没错，这个在外边街上

「好词好句」
天涯海角
绝不罢休
* 亨顿一下子冲出房门，飞一般地跑下楼去，没了踪影。

等着的那个家伙，一定就是昨晚自称是孩子父亲的人，又追来把孩子拐跑了。好，即便搜遍天涯海角，我也不能放下这个孩子不管。不从恶魔手里把孩子救回来，我绝不罢休！那家伙说他在萨札克森林，对不对？那么，我就先到那里去找找看！”

“哦，先生，您还没有吃饭呢！”

“笨蛋，我急都急死了，哪里还有工夫吃饭！”

亨顿一下子冲出房门，飞一般地跑下楼去，没了踪影。

名家品评

王子独自一个人去市政厅，但是跟往常一样，还是遭到了人们的嘲讽和讥笑，就在此时，迈尔斯·亨顿武士出面帮助了王子。作者借助武士的出现告诉大家，不要一直怀疑，其实勇敢、正义一直在我们身边。虽然亨顿武士自始至终都不相信王子的话，但是他还是乐意去帮助他。作者借助这个善良的形象反讽那些只知道嘲笑别人的人。

阅读思考

1. 宴会是在哪里举办的？
3. 王子授予武士什么样的特权？
3. 王子被骗到哪里去了呢？

汤姆办案

汤姆当上国王后遇到了一起杀人案，在审判中，他发现那个犯人居然是之前救过自己同伴的一个家伙。案件审讯中，汤姆发现，只有自己出面做证他才能被无罪释放，汤姆该怎么办呢？而这个犯人的命运又将如何呢？审完第一起案件之后，汤姆又了解了母女俩的事情，并且对案件提出了很多疑问。汤姆到底在怀疑什么呢？接下来母女俩的命运又会如何呢？

汤姆变成“国王”的第二天早晨，用完早膳后就驾临宝殿，开始处理各种政务。

这些国家大事，汤姆不懂的地方特别多，好在有“舅舅”哈弗特伯爵在身边协助，一桩桩、一件件地指点他，很多事情总算应付过去了。汤姆心想，既然决心暂时做下去，就应当借此机会多学习一番。只要在王宫待一天，就要保持国王应有的风度。

「名师点拨」虽然汤姆是一个“冒牌王子”，但是找不到其他办法的他只能接受了现实。而从他当上国王之后的表现可以看出，汤姆是一个很负责任的人。

第三天跟前两天的情形基本一样，汤姆对于宫廷的事情慢慢也熟悉了，不像最初进宫时那样局促不安。从前的确是迷迷糊糊的，但现在，许多事情已经可以应付了，因此也就放心多了。有时，还觉得蛮有趣的。

第四天，汤姆接见重要大臣，正式任命哈弗特伯爵摄政，并晋升为公爵。汤姆对此非常满意，因为这样一来，沉重的负担就能有所减轻了。

汤姆把大事办完，就很轻松地走到窗户边，眺望着宫外的远景，熟悉一下好久不见的街头的热闹景况。

他看见很多人在马路上熙熙攘攘地奔忙着，同从前没有多大区别，尤其是那些在路旁歌唱游乐的孩子们，更使他暗暗羡慕。

「名师点拨」当汤姆身在宫外的时候，面对贫穷的生活，他一直在渴望摆脱这种环境，可是当他处在宫中的时候，从刚开始感到恐惧到后来慢慢适应，然后就是另一种感觉，反而开始羡慕宫外孩子的生活了。

汤姆对父母和姐姐的思念与日俱增，因此情绪十分低落。就在这时，忽然看见一大群男女小孩，一边大声吵闹一边陆续地走过大街。后面跟着一大群人，一起拥向前去。看上去，像是出了什么乱子。

汤姆看见这种情形，忘记了自己“国王”的身份，不禁涌起好奇心，转过头向站在后边的哈弗特公爵说道：“有很多人往那边去，这是怎么了？”

哈弗特公爵走过来，答道：“国王陛下，如果您希望知道的话，我就叫人去问一问。”

“嗯，那就派人去问个明白，究竟是怎么一回事？”

哈弗特公爵马上命侍童传令下去，没多久侍童跑回来禀告：“报告陛下，那是犯了英国国法的三个死刑人犯，正被拉往行刑场的途中，市民们跟在后面看热闹。”

「专家解疑」禀告：把事情告诉上级或长辈。

汤姆一听到“死刑”二字，不禁愁容满面地叫道：“什么，死刑？唉，他们犯了什么罪？去把罪犯带到我这里来！”

汤姆说完后，心想：“身为国王，发出这样一道命令，到底对不对呢？”觉得很不安，脸色不禁又红了起来，倘若不对的话，那就取消好了，可是一看哈弗特公爵以及侍臣们都没有惊奇的表情。哈弗特公爵反而马上催促手下说：“快去！”汤姆终于感觉到国王是如何的伟大了。

他心里想：“这不是跟我在安德鲁先生家看的故事书里所描写的国王的威严、尊贵一样吗？过去，我只是幻想，假如自己做了国王，便可以随意制定法律或奖励人民，那是如何的神气十足。

「好词好句」幻想

* 这不是跟我在安德鲁先生家看的故事书里所描写的国王的威严、尊贵一样吗？

现在真的实现了，绝不是在做梦。如今我应当庆幸并快乐，对于手中权威的使用一定要慎之又慎。”

没多久，侍卫和警官把三个罪犯带来了，其中有一个是男人，另外两个好像是母女。

三个可怜的罪犯在汤姆的面前跪了下来，汤姆定睛一看，心里不禁暗吃一惊：天呀，这个男罪犯面熟得很嘛，但是记不起在什么时候、什么地方看见过了。

“把头抬起一点儿，”汤姆对于可怜的人们十分同情，他用严肃的声音说道，“抬起头来！”

三个犯人胆怯地把头抬了起来。汤姆这时清清楚楚地想起来了：“过新年那天早上，我们一群人……在泰晤士河岸旁边玩耍，魏德脚一滑就跌落到河里去，眼见快要淹死了，幸好有个人勇敢地跳进冰冷的河水里，把魏德救了上来。不错，就是他！如此一个值得钦佩的人，因何会被判罪呢？”

汤姆觉得奇怪，不过关于泰晤士河的那桩事情，自然不便在这里说出来。于是就叫侍卫先把两个女人押到旁边去，然后问警官道：“这个人到底犯了什么罪？”

警官跪下答道：“国王陛下，这个男子用毒药把人谋杀了。”

汤姆十分诧异，心想：“曾在泰晤士河救人性命的勇士，如何会做出谋杀这种可怕的事情呢？”于是又问道：“有没有确实的证据呢？”

警官答道：“有。”

所以，汤姆便长叹一声，既然如此，也就没有别的办法了。对于曾经是那样心地善良的人，尽管觉得很可惜，但也只好断了赦免他的念头。汤姆无奈地摇摇头，说道：

“那么，这是罪有应得了。好了，把他带下去吧！”

此刻，犯人突然握着两只手，提高了嗓子，说道：

“国王陛下，请您可怜可怜我！我是被诬告的，我是冤枉的。

「好词好句」

慎之又慎

* 如今我应当庆幸并快乐，对于手中权威的使用一定要慎之又慎。

「专家解疑」

钦佩：敬重佩服。

罪有应得：干了坏事或犯了罪得到应得的惩罚。

「名师点拨」

如今，汤姆已经适应了国王这一新的角色，虽然心存善良，但是作为国王，他却没有赦免罪犯。从这里我们也可以看出，汤姆正在逐渐成长。

谁能找出我的罪证呢？只是他们误认为我是杀人犯，就把我判了死刑。不过，事已至此，我也不想再说什么了。既然死罪难免，我也不再求生。不过国王陛下，我只有一个愿望，因为我所受的刑罚未免太过残酷，恳乞您大发慈悲，特别命令他们，把我判处绞刑好了。这是我最后的一个愿望。”

「专家解疑」

绞刑：死刑的一种，用绳子勒死。

洋溢：（情绪、气氛等）充分流露。

汤姆对于犯人希望判处绞刑，觉得很奇怪，问道：

“你这话才奇怪哩，死刑不就是绞刑吗？”

“不，不是的，国王陛下。我……我会活生生地被一大锅滚热的开水烫死的。”

“什么，被一锅开水烫死？”

“是，是的。”

汤姆因为惊愕，差点儿从椅子上跳起来。好不容易才把震惊得战栗不已的身体镇静下来，于是赶忙说道：“好，我答应你的要求，并且下令永远禁止这种酷刑。”

「名师点拨」

很显然，由于对案情的不了解，汤姆也不能马上就洗刷了犯人的冤屈，但是有些地方，汤姆做得是很好的。当犯人最终绝望地争取一个宽容的死刑作为执行方式的时候，汤姆也被那酷刑所震惊了，所以才有了之后的探案故事。

“啊，陛下，小民只好来生再报答您的大恩大德了！”

犯人一边跪在地上，一边痛哭流涕地说着感谢的话。汤姆向在身旁侍候的哈弗特公爵说道：

“这种酷刑以后不准再用！”

“是，遵命。”

哈弗特公爵的脸上，也洋溢着喜悦之色。因为这位公爵在16世纪当时的贵族中也是一位很稀有的慈悲人物。

汤姆又转向警官，问道：“我再问你——根据这个犯人的说法，他完全是被诬告的，并没有确凿的证据。那么，这到底是怎么一回事？你如实讲来。”

警官跪奏道：“是。审判的结果是，这个犯人曾经进过爱林敦村的一个病人的卧房。当时，曾有三个证人做证，他们都说是在上午十时左右，只有病人独自躺在床上。这个犯人进入房间之后，不久又走出来，不知道跑到什么地方去了。不一会儿，病人就抽

起筋来，呕吐不止，当邻居们和医生赶来时，病人已经死了。”

“有人看见犯人给病人喝毒药吗？在病人家里发现了毒药没有？”

“都没有。”

“那么，为什么说是被毒死的呢？”

“谨奏陛下，几位医师都证明：病人倘若不是吃下毒药的话，绝不会有抽搐、呕吐的症状。”

简直是荒谬，没办法查清事情的真相，却盲目地听信医师的证明，岂不是冤枉了无辜的人。汤姆一时也弄不明白，于是，接着又说：

“哦，是这样的吗？医生既然这样说，应该不会错……”

“的确是这样的，陛下。有三个人曾经看见这个犯人进入病人的房里去，根据他们的证言，我才把这个犯人抓来判罪的。”

“啊，等一等，等一等，世界上确实有面貌极其相似的人。你们看清楚了的确就是这个人吗？”

“没错，谨奏陛下，三个证人都说就是这个人，不会错的。”

汤姆也认为没有错了，就对犯人说：

“这些证言，对于你都是不利的，你还有什么要说的话吗？如果还有什么要说的，但说无妨。”

“陛下。尽管我说是被诬告的，但苦于没有办法提出反证来。也没有一个人来替我辩护。如果有人帮忙，就可证明，当天有人进入病人房里的时候，我正在距离病人家的爱林敦村大约三英里之远的泰晤士河岸边。然而，我一时找不到证据，也没人为我做证，又能怎样呢？”

汤姆的眼睛突然闪出光辉，问道：“嗯，那个时候，你确实是在泰晤士河边吗？”

“没错。我那天不仅没有毒杀什么人，而且还在河里救了一个人。因为当时在泰晤士河岸上，有一个小孩子掉在河里，眼看就

「好词好句」

荒谬

盲目

*病人就抽起筋来，呕吐不止，当邻居们和医生赶来时，病人已经死了。

*简直是荒谬，没办法查清事情的真相，却盲目地听信医师的证明，岂不是冤枉了无辜的人。

「名师点拨」

汤姆并没有像之前的国王那样，不经判断便做出结论，反而给罪犯一次为自己辩解的机会，可见汤姆内心深处的善良品性。

要淹死了，我急忙跳下河去，把他救了上来。”

“哦，这事同样发生在爱林敦村毒杀事件那天的上午十时吗？”

“是，没错，陛下。”犯人显出很诧异的样子。

“当时，有什么人看见你吗？”

“有，除了被我救起来的那个小孩子外，小孩子的朋友们，有十几个人在场。”

“好，先暂缓你的死刑，暂时押在监狱里。但是，你放心好了，如果事实和你所说的话相符，过几天就会开释你的，并且还要奖赏你救助人命的好事。这样说来，当时你正在泰晤士河岸边救小孩儿，对吗？”

汤姆虽然明明知道是在泰晤士河岸，不过因自己不便说出来，所以故意这样问。

“是，具体是在泰晤士河岸的这一边。”

汤姆的眼睛更加闪耀出光辉，兴奋地命令警官道：“先把这个人监禁起来。你们立刻到泰晤士河岸，去访问那儿附近的人家，挨家挨户地去问，调查在那天上午十时，被救起来的小孩和看见此事的小孩子们，让他们跟这个人会面，看他们是否能证明这个人，就是当天跳进河里救小孩的那个人。马上去。”

摄政王哈弗特一干人等，无不为新国王英明的审判所感动，不约而同地向他投来敬佩的目光。因为大家都认为国王虽然是在病中，却仍能做出这样合情合理、充满自信的审判，对于这样英明仁慈的小国王，不禁佩服万分。特别是哈弗特公爵，居然失去了他平常的稳重态度，兴奋地催促警官道：“赶快遵照办理，一定要按照陛下所说的去办。”

犯人的欣喜若狂自不待言，并且感激得泪如雨下，不停地拜谢汤姆，然后退了下去。

一想到这次给自己带来很大的光荣的成功的审判，汤姆就不

「专家解疑」

诧异：觉得奇怪。

监禁：把人押起来，限制其自由。

「好词好句」

欣喜若狂

泪如雨下

*你放心好了，如果事实和你所说的话相符，过几天就会开释你的，并且还要奖赏你救助人命的好事。

*犯人的欣喜若狂自不待言，并且感激得泪如雨下，不停地拜谢汤姆，然后退了下去。

由得心情愉快。原来这个犯人救小孩的那一幕，是自己当时在场亲眼看见的事情，如今由于自己巧妙地安排，完成了皆大欢喜的局面。听到侍臣们一致称赞自己，他觉得意义非凡。

于是汤姆以很沉着的声调，又命令警官说：“把刚才那两个女人带到这里来，我要亲自审问，看她们母女俩到底犯了什么罪！”

“是。”

两个战战兢兢的女犯人，被带到汤姆面前。那个还不到十岁的小女孩，抱住母亲浑身哆嗦着，看起来非常可怜。

汤姆先问警官：“她们俩做了什么坏事？”

“是。她们俩犯了重罪，证据确凿。根据法律规定，法官已经判处她们绞刑。这两个女犯把自己的灵魂卖给恶魔，使用魔法危害人民。”

汤姆一听，毛骨悚然，心想：“关于可怕的魔法故事书，自己曾在安德鲁牧师家里看过不少，而碰到真正会使用魔法的人，这还是第一次！”警官们一刻都不离开这母女俩的身边，监视得比刚才那个男犯人更为严密，原来是因为怕她们在乘人不防备的时候使出魔法来，真可怕。在那个时代，一般人都对魔法深信不疑。

汤姆也害怕了，本想不再审问下去的，可是又恐怕和前案一样，两个女犯人也是被人诬告的，倘若是那样，应该替她们俩洗雪冤枉，再加上好奇心的驱使，所以问道：“这两个女人，是何时把灵魂卖给恶魔的？”

“据说是在 12 月间某一天的半夜里，在一个村庄里的一座已经废弃了的旧教堂中进行的。”

汤姆一边打着寒噤，一边问道：

“有什么人看见没有？”

“没有，只是这两个女犯人和一个恶魔。”

“那，这两个女犯人承认了吗？”

“没有，她们怎么会承认呢？她们俩一口咬定没有这回事。”

「专家解疑」

确凿：非常确实。

毛骨悚然：形容很害怕的样子。

「好词好句」

诬告

* 那个还不到十岁的小女孩，抱住母亲浑身哆嗦着，看起来非常可怜。

* 警官们一刻都不离开这母女俩的身边，监视得比刚才那个男犯人更为严密，原来是因为怕她们在乘人不防备的时候使出魔法来，真可怕。

“那么，你们是怎么知道这桩事情的呢？”

「名师点拨」迷信和从众心理向来都是人类的几个特性之一。当迷信刚开始出现的时候，就很容易受到其他因素的影响，从而让迷信像瘟疫一样蔓延开来。在母女俩的这件案子里，也是这个道理，当大家搞不清楚事实的时候，往往就开始迷信，迷信扩大之后，冤案就产生了。

“因为，有很多人看见她们俩跑到那个旧教堂里去。她们俩每去一次，人们就看见旧教堂的窗户上发射出可怕的青光，从那里经过的人又听见有人在里面念着怪诞不经的咒语。经调查发现，原来她们俩是在那儿学习施魔法呢——其实是在 12 月 21 日天快亮的时候，这两个女犯人使出了最可怕的法术，招来狂风暴雨，把这一带的农作物都吹倒了，房屋也倒塌了不少，使大家受到很大的损害。”

“咦？她们会呼唤风雨！有人看见了吗？”

“是的，陛下，当地的村民，有四百多人出来做证。大家都一致认为：12 月 21 日天快亮的时候，狂风暴雨突然大作，而且和平时的暴风雨不一样。众人的供词很一致，都说是这两个女犯人使用魔法造成的。”

汤姆想了一想，又问警官说：“莫非这两个女人没有受到暴风雨的危害？”

警官未加考虑，马上回答道：“她们也受到这种灾害，那是自作自受，她们的房屋也被吹倒了，母女俩也是流落街头。然而，她们却装作无所谓的样子。次日，找木匠替她们修理房子的时候，村子里的人便跑到她们家里，把她们俩抓了起来。”

「名师点拨」汤姆面对警察的描述提出了自己的几个疑问，可见汤姆的确很用心地在分析案情，是一个合格的国王。

汤姆将信将疑地问道：“那我就不懂了，她们因何要招来这场狂风暴雨？不仅危害他人，连自己的房屋也不放过，有这么傻的人吗？果真如此，那算得上是最愚笨的法术了。假如我会使这种法术的话，我必定要设法使我自己的家园不会受到风吹雨打的危害。”

汤姆的疑心越来越重，又问道：

“这两个女人，到底是用什么方法呼风唤雨的呢？”

“是，据说是脱掉袜子，然后再念咒语，就可招来暴风雨。”

这一下，汤姆愣住了。关于使用魔法的故事，他虽然阅读过很多书籍，不过类似这样奇怪的方法，他还是头一次听到。这大大地引起了他的好奇心，不知不觉中从椅子上倾起半个身子，问道：“这真是怪事。是不是只要脱掉袜子，念起咒语，就能呼风唤雨呢？”

“没错，是这样的。据证人们说，他们那个地方，除了12月21日的狂风暴雨外，在这半个月内，竟发生了四次奇怪的暴风雨。也就是说，她们一脱袜子，再跟着念起咒语，暴风雨就会来临。”

汤姆对于这种法术，越听越觉得有趣。同时，自己心里也有数，因此就转向女犯人，用坚决的声调命令道：

“喂，把袜子脱掉，使出你的法术来看看。我想看看狂风暴雨！”

「名师点拨」
汤姆决定让母女脱掉袜子验证法术的真实性，可以看出汤姆胆大心细的特点。

哈弗特公爵和其余的侍臣们，听到这句话都大吃一惊。有些迷信很深的人，吓得脸色都变了，尽管没有说什么，不过他们都在心里嘀咕着：国王就是有病也不应当如此冒昧行事，出了危险该如何收拾呢？

听了这个命令，两个女犯人抬头看了一眼国王。马上又很为难似的低下头去。汤姆接着说道：

“不必担心，我绝对不会因此而加重你们的罪行。只要你们能使出法术，让我亲眼看看，我不但不处罚你们，而且会恢复你们的自由。”

两个女犯人一边哭一边说：“哦，国王陛下，我们哪里会有这样可怕的魔力呢？所谓使用魔法，本就是子虚乌有的事情，还是相信我们母女吧，我们真的不会使用什么法术。”

“你们不用担心，我因为想恕你们无罪，才命令你们这样做。快把袜子脱掉，表演一场呼风唤雨的本领给我看看。只要一场小型的狂风暴雨就好了，倘若太大了，恐怕会把王宫吹垮了！中型的也可以，不，最好是小型的。施完这个法术，就可以饶恕你们，释放你们。我是国王，国王是金口玉言，我答应的事情，没人敢反对的。好了，你们母女俩如果想活命，就赶快表演一下！”

「好词好句」
子虚乌有
呼风唤雨
＊只要你们能使出法术，让我亲眼看看，我不但不处罚你们，而且会恢复你们的自由。
＊我是国王，国王是金口玉言，我答应的事情，没人敢反对的。

女犯人紧紧地将女儿抱在怀里，十分悲痛地大声哭着。

汤姆看见这种情形，就环视了一下群臣，然后大声宣布道：

“这个女犯人所说的话是真的。这个女人既是这个女孩的母亲，自然具有母女的感情。她之所以不遵照我的命令来救助她的女儿，足可证明她实在没有这种魔力……好了，你们母女俩没有罪，国王释放你们！”

侍臣们对于汤姆这种公平的判决，又发出欢呼声，不过不像上次审判男犯人的时候那么大。因为还有很多迷信的人，暗中仍不服气。

「名师点拨」母女俩的命运在这么短的时间里出现了过山车般的变化，重生后的激动之情无法言说。

重获自由的母女俩欣喜万分，彼此拥抱着感动得哭了起来。

汤姆俯视此情此景，微笑道：“你们已经恢复自由了，可以放心了。现在你们把袜子脱掉，念念咒语看。倘若真能呼风唤雨的话，我要奖赏你们。”

“在仁慈的国王面前，脱下这双脏臭的袜子，不是有污陛下吗？”

“不，不管怎样，要脱下来试试看，这是我的命令。”

「专家解疑」愚昧：缺乏知识；愚蠢而不明事理。

母女俩没有办法，只好把袜子脱下来。为了报答国王的恩惠起见，努力地顿着，弄了半天毫无动静，所以在场的一些迷信的臣仆们，也都破除了愚昧的迷信心理。最后汤姆微笑着，很轻松地说道：“哦，你们现在可以放心大胆地回家去了！”

原本阴森可怕的案子，由于汤姆的明智判断，在欢快的气氛中有了一个皆大欢喜的结局。

■名家品评

宫廷中有着各种各样的礼节，虽然汤姆心里有些不舒服，但他仍然在耐心地接受。汤姆不仅废除残酷的刑罚，而且还为被冤枉的人翻案，这一系列的行为都说明了他内心的善良。汤姆让母女俩脱下袜子表演魔法，最终向众人证明了她们母女俩不会魔法。作者借汤姆的身份告诉我们，对待我们不清楚、不认识的东西应该理智面对，正确对待。

阅读思考

1. 汤姆遇到了什么样的一起案件？
2. 汤姆怎么会认识那个犯人呢？
3. 汤姆是怎样巧妙地侦破巫术案件的？

落难的国王

约翰仿佛就是暴力的化身，王子与约翰出现争执时，约翰只会用暴力手段解决问题，但是约翰这次并没有得逞，这是为什么呢？王子在体会到乞丐的生活后，内心又是怎么想的呢？小王子抱着小牛一直睡到第二天，醒来后发现了两个小姑娘。王子又像平常那样讲述自己的故事，两个小姑娘会相信王子的话吗？

现在，再来说三天以前的事——武士亨顿大步流星地从公寓的楼梯上飞跑下来，从大街上跑过伦敦桥，一口气跑到了萨札克森林。

他找遍了整个森林，却仍然没见爱德华的半点影子。他心想："据我沿路探听的结果，的确有人看到像他那样的孩子，被一个青年带进森林里来了，这点是不会错的。不过萨札克森林地带也实在是太大了……能够得到这点线索，已经是很不容易了，只要继续努力去找，还有找不到的道理吗？"

亨顿到处寻找，然而还是找不到孩子的踪影。眼看日落西山，群鸟归巢，这时亨顿已经饥肠辘辘，疲惫万分。他拖着沉重的脚步，走到萨札克森林旁一家孤零零的客栈里，有气无力地停下来。

「专家解疑」饥肠辘辘：形容非常饥饿（辘辘：形容肚子饿时发出的声音）。

吃过饭，亨顿决定就在这里住一夜再说。他躺在床上的时候，大脑里想的仍然是如何找孩子。

亨顿冥思苦想，忽然想：“对了，那孩子本来就是想和我会面，所以才被人骗了出来。他在这个世界上，除了我以外，既没有亲戚朋友，也没有保护他的人。从这次被拐骗的事件以后，他对于伦敦方面必定更加害怕，就是想到伦敦去找我，恐怕也不敢去了。那么，他会不会想到别的地方去找我呢？嗯，那孩子晓得我是准备到肯特郡去的。记得当时我给他讲我的故事时，他听得津津有味，看样子很感兴趣。这样想来，他可能会一个人前往肯特郡亨顿庄园找我。然而，他没有旅费……哦，对了，他不是有讨饭的本事吗？对，他一定会这样做！”

亨顿对于自己的想法非常自信，这才放了心，把枕头旁边的蜡烛吹熄，准备就寝。

那天早晨，爱德华被别人从公寓里骗走。他当然不知道这个青年是骗子，更没料到还有一个歹徒凶汉在街上跟踪着他们。

那个凶汉左腕缠着绷带吊挂在左肩上，左眼也用纱布蒙着，用绷带包扎着头，走起路来一瘸一拐的，手里还拿着一根木棒做的手杖。

那个青年带着爱德华，走进萨札克森林以后，就故意东绕西转、七弯八拐地走向森林深处。他的用意自然是在防备这孩子逃走。

爱德华在森林里越走越深，两只脚都磨破了，走起路来疼痛难忍，却还没有走到亨顿的所在地，忍不住发起脾气来了：“亨顿到底在哪里？既然这么远，他就应当亲自来迎接我，才合乎礼貌！现在我一步都不愿再走了！”

「好词好句」

津津有味

一瘸一拐

*从这次被拐骗的事件以后，他对于伦敦方面必定更加害怕，就是想到伦敦去找我，恐怕也不敢去了。

*他当然不知道这个青年是骗子，更没料到还有一个歹徒凶汉在街上跟踪着他们。

「专家解疑」

就寝：上床睡觉。

「名师点拨」王子固然因为自己的身份而对救过自己的麦尔斯表现得很傲慢，可是他并不是一个无情无义的人，当听到有人说麦尔斯受伤的时候，他决定跟那个人前往，而在路上又进一步听到麦尔斯是受了重伤的消息之后，王子就着急了，想要去帮助麦尔斯，从这里我们也可以知道小王子的善良。

那个青年于是就装腔作势地答道："你的仆人在森林里面负了重伤，眼睛和手腕都用绷带包裹着呢，莫非你不愿意去看看吗？如果不想看，那就算了。"

"啊，他受伤了？你为何不早说？那就赶快走吧！嘿，不要磨磨蹭蹭地走，我们赶快赶路吧。是谁打伤了亨顿，简直是无法无天！好，就算那个家伙是公爵吧，我也一定要替他报仇。"

爱德华突然加快脚步，不久便跑到了森林深处。

这一带离人烟稠密的地方很远，除了枝头小鸟儿的啼叫声外，再也听不到别的声响了。树木高大，阴森恐怖。这里只有一片很小的平坦的土地，上面有一栋小屋。看样子也许是乡下人堆置东西用的，屋檐和屋顶都已腐朽了，是一栋破旧的小屋。

"就是这里，到了，到了。"

那个青年说着就进了小屋，爱德华跟进去之后才发现这屋子空无一人。

"亨顿在哪里？"

于是那个青年突然把脸色一变，瞪着他答道：“亨顿怎么会在这里，哈哈，你上当了！”

“什么？”爱德华火冒三丈，立刻从地上拿起一根木棒，就要打那个青年。

「专家解疑」
火冒三丈：形容怒气特别大。

此刻，就听见：“啊，哈哈哈！”随着一阵可怕的笑声，又一个粗壮的汉子从屋外走了进来。这个家伙就是一直跟踪在后面的那个凶汉。

爱德华大叫道：“你是什么东西？跑进来做什么？”

那个大汉子和那个青年互相使了一个眼色，便大骂道：“喂，小鬼！脑筋要清醒些，仔细看看我的面貌。就改变这么一点，你连父亲都认不出了吗？蠢货，白养了你这么大！”

他一面骂着，一面把捆在手腕上和眼睛上的绷带解开，那一拐一拐的瘸脚也笔直地站好了。这时他马上现出原形——垃圾巷的约翰·康蒂。

「好词好句」
现出原形
胡说八道
* 他一面骂着，一面把捆在手腕上和眼睛上的绷带解开，那一拐一拐的瘸脚也笔直地站好了。
* 我虽然明明知道你这家伙疯了，不应该跟你认真，然而如果你仍然这样胡说八道的话，就别怪我手下无情了。

爱德华愈发气愤了，怒喝：“你这种东西，怎么会是我的父亲？我的父亲已经不在了，我压根就不认识你。我是王子，不，我现在应该是国王了。你如果把我的忠仆亨顿藏起来了，就赶快把他带到这里来。如果不遵照我的命令去做，我就要重重地处罚你！”

约翰也怒气冲天地说道：“哼，我虽然明明知道你这家伙疯了，不应该跟你认真，然而如果你仍然这样胡说八道的话，就别怪我手下无情了。不给你点苦头吃，你不会知道老子的厉害。你想想看，这是森林中的一幢孤独的房子，不会有人听见的，所以就算你瞎说，也不怕有人听到。如果到了别的地方，你再说疯话，那就麻烦了。以后绝对不准你再随便说出这样荒谬的话。你仔细听着，咱们是

杀人犯，所以咱们都不能在家里待下去，而且还要改名换姓才行。所以，我把我的姓名改为约翰·霍布斯；你的姓名是杰克·霍布斯。听清楚了没有？要好好记住，不要忘记了！”

「名师点拨」

爱德华如今身处这样险恶的环境，说话口气依然如此狂妄，不禁令人担忧。

“少说废话，我的名字叫爱德华。”

“你，你这小鬼，不准作声！听我说，分开以后，你碰到你的母亲没有？你有没有你两个姐姐的消息？快回答我的话！”

“不要问这些鬼事情。我的母亲在几年以前，就去世了。我的姐姐现在在王宫里面。”

他身旁的那个青年，不禁大笑起来：“哈哈哈哈，真的，真是对他毫无办法。”

爱德华大怒，又想去打那个青年。约翰挡在中间，说道：“喂，雨果，不要跟这个小子开玩笑。这小子疯了，你越笑他，他越闹得凶。喂，杰克，坐到这里来，别闹了。现在，我要设法给你一点东西吃。你不听话，我就要揍你了。你这小子，不会不记得我拳头的厉害吧，坐下来！”

「名师点拨」

虽然约翰脾气暴躁，汤姆经常遭到他的打骂，但毕竟是自己的孩子，约翰还是非常关心他的。

爱德华现在想逃也逃不了，他把木棒往地上一扔，躲开这两个无赖汉，远远地走到小屋最里面的角落里，爬到堆得又高又厚的稻草堆上，干脆躺了下来。

约翰和雨果两个人仍然坐在门口，不时地望望爱德华，悄悄地谈些什么。爱德华在稻草堆上躺着，然后合上了双眼，深深地陷入沉思中。

“啊，父王已经归天了！现在，我又被困在这里，怎么办呢……”

「专家解疑」

微不足道：非常渺小，不值得一提。

爱德华自从离开王宫以来，尽管遭受了这种灾难，不过与他父王驾崩这个大悲剧比较起来真是微不足道。因为他始终没有丧

失回王宫的希望，他相信无论遭受怎样的迫害，一定会登上宝座的。然而，现在他的父王已经不在人世了，这可怎么得了？

爱德华越想越难受，眼泪一直流个不停。由于昨天夜里就没睡好觉，今天又疲劳过度，在不知不觉中，竟在稻草堆上昏昏地睡着了。

过了很久，爱德华被嘈杂的吵闹声、大笑声和歌声给吵醒，睁开眼睛一看，眼前那种阴森可怕的光景使他不禁大吃一惊。

在小屋里面大概有二十几个人。一个大火堆周围围着一群乞丐，他们正开怀痛饮呢。不知道什么时候，天已经黑了，屋外一片漆黑，屋内赤红的火焰照耀着这群男女乞丐，简直就跟画片里面的魔鬼群像一般，令人恶心。其中也有老太婆和小姑娘，她们也跟大家一样喝得醉醺醺的，和大家一起唱着歌："哎哎，耳朵长的，大概是骡子吧。角长的，想必是牛吧。"

人们有的拿着空铁罐子乱敲，有的跳着舞。小屋里已经腐烂了的柱子，仿佛快要被这骚乱给闹垮下来了。还有两只瘦得只剩皮包骨的狗蹲在离火堆比较远的地上，这是伪装盲人的主人用它们来带路到街上去乞讨的工具。

像这样大吵大闹的狂欢，闹一阵子以后，有一个大家都管他叫"老头子"的人，一边环视大家，一边说道："等一等。今天晚上，好像有两三个新人加入，让我们来听听他们的个人经历吧……康蒂，哦，不对，叫霍布斯吧！霍布斯，你也不是什么新人，是倦鸟归巢的老朋友呢！好久不见了，讲讲你最近的情形，就从你开始吧。"

"什么，老头子，我也没什么好讲的。我一时失手，杀死了一个人。我打死的人是一个牧师，是用木棒一下子打死的。"

「名师点拨」
爱德华想到自己如今的处境，以及老国王的去世，生活中的巨大落差一时间难以接受。

「好词好句」
大吵大闹
倦鸟归巢
*小屋里已经腐烂了的柱子，仿佛快要被这骚乱给闹垮下来了。
*霍布斯，你也不是什么新人，是倦鸟归巢的老朋友呢！

「专家解疑」
皮包骨：形容极度消瘦。也说皮包骨头。

“什么，杀了一个牧师吗？这真是了不起，来，我来敬你一杯。”

老头子敬了约翰一杯酒后，其余的人都挨个来敬酒。约翰立刻就被捧为英雄，他自己也认为非常光荣。

其次，由第二个新人来讲：“老头子，我没有什么值得称赞的地方，也没有什么好讲的。我的名字叫维恩斯，本来是一个老老实实的佃农，后来，因为租佃的田地被地主收回了，我身无分文地被赶出村庄，万般无奈只好去讨饭，到处流浪。有一天被警察碰到了，他骂我，‘你这家伙，身为英国国民，怎会不知道英国法律禁止讨饭’！于是马上就把我关进牢里，还脱光了我的衣服，用皮鞭子抽打我的脊背，接着又把烧得通红的烙铁放在我的脸上。你们看看我的脸就明白了。”

「名师点拨」读者对于当时历史环境的了解基本都是来源于各种角色的话语，从他们的话语当中，就可以很真切地感受到当时的社会状况。16世纪都铎王朝统治下的英国，律法对于平民百姓的残暴是非常明显的。

“啊，真可怜！要是讨饭的时候被警察抓住，会有你的苦头吃。”

“老头子，你不知道，像我这样的人，只坐了半年牢就被放出来了，算是运气好的哟！在我的伙伴里面，有的人被监禁了两年多还没有释放哩。据说，这是因为他对监狱的看守敬礼的姿势不好，不会讨看守的欢心。哼，真是可恶！世界上还有人喜欢去讨饭吗？还不是无路可走才被逼成这个样子。他们也不问青红皂白，把人家捉来鞭打、打火印、关两年牢等，为所欲为，哪里还有什么王法？”

躺在草堆上的爱德华偷听着他们的谈话，惊讶于刑罚的严酷。他心里暗想，这种法律如不赶快修订，实在是国家的耻辱！

他不知不觉地从稻草堆中探出半个身子来，更加热心地听着，听到第三个人说：

“老头子，我叫约翰尔，从前也有妻子儿女。我是庄稼人，生

「名师点拨」这段话的描写让人触目惊心，因为迷信的存在并不是个别现象，而是普遍的状况。这家人的生活从一开始就被迷信所破坏了，然后混乱和残暴的律法就把一家人弄得妻离子散。

活很是自在。如今，您瞧，我已变成孤苦伶仃的一个人了，妻子儿女都死了。事情是这样的，家母为人十分贤惠，很懂得人情世故，每逢村子里有人生病的时候，人家总是请她去看护病人，她也借这个机会获得若干酬劳。有一次，有一家的病人死了，医生不知道他是为什么病死的，觉得很奇怪，就认为是被家母使用魔法害死的。可叹我那无辜的母亲，竟然被绑在民众面前处以烙刑，就这样活生生地给烙死了……老头子，您瞧，这就是现在的英国法律！这就是值得感谢的英国法律！所以，我在村子里住不下去了，就带老婆和两个小孩外出流浪。当然，除了讨饭以外没有别的办法。于是我们就挨家挨户地乞讨。哪知道国家法律规定，不管人民怎样，饿死都可

「名师点拨」 这样的法律规定的确让人感到荒唐。这也从侧面显示出老国王的残酷和暴虐。

以，但如果是讨饭，就等于是犯了法。就跟刚才维恩斯所说的一样，我们马上被捕了，被可怕的皮鞭抽打。我妻子的身体本来就不怎么强壮，没经得住抽打，便死在了皮鞭下。我痛哭了一场，把老婆埋在田里后，就带着两个孩子继续流浪，接着讨饭，结果又被警察捉住了。据说，因为这次是再犯，罪加一等，就被拖着沿街示众，借以警示民众。之后，好不容易才被释放。可怜我那两个孩子，在我出来之前就已经饿死了，我找到的只是两具尸体。老头子，兄弟们，请你们不要笑我又在痛哭流涕，请大家干一杯，高呼英国法律万岁。浑蛋，这是什么人制定的法律！”

突然，从墙角的稻草堆中响起了威风凛凛的声音：

“对，这种法律要修改！一定要尽快地加以修改！”

众人一听十分诧异，转头一看，有一个身穿破烂衣服的少年，从稻草堆中爬了出来，朝着这边走来。

大家不约而同地喝道：

“你是谁？你是哪里来的小鬼？”

爱德华态度严肃，一边环视着大家，一边说道：

“我是英国现在的国王爱德华六世。听完你们刚才的那番话，我确实感觉很遗憾。不合理的法律就是国王的耻辱。我一定叫他们修改！”

“什么，你是国王？”

这么一些话，马上引起了哄堂大笑，声震屋宇。爱德华大怒，斥责道：

“无礼的家伙们！国王修改法律是为人民造福，有什么好笑的！”

接着又是一阵狂笑。

「好词好句」

威风凛凛

哄堂大笑

*老头子，兄弟们，请你们不要笑我又在痛哭流涕，请大家干一杯，高呼英国法律万岁。

*众人一听十分诧异，转头一看，有一个身穿破烂衣服的少年，从稻草堆中爬了出来，朝着这边走来。

「专家解疑」

痛哭：尽情大哭。

「名师点拨」

当爱德华再次说出自己真实身份时，再次遭到人们的各种嘲笑。

约翰·霍布斯举起手来拦阻大家，说道：“喂，伙伴们，请听我说。这小子是我的儿子。说起来还有些不好意思，大家也可以看得出来，这小子发疯了，他自以为是国王陛下。请大家原谅，不要理他好了。”

爱德华瞪着约翰，骂道：“我真的是国王。你迟早会得到教训的，你等着好了。你不是杀了人吗？我要处你死刑，你就认命吧。”

「专家解疑」
胡言：①胡说。②胡话。

“什么，小浑蛋，你想向官厅去告发我吗？你再这样胡言乱语的话，我绝对不会轻饶你！”

约翰真的气极了，突然站了起来。

“喂，等一等！霍布斯，你就是揍他，又有什么用呢？”

「好词好句」
怒不可遏
＊你儿子精神出了问题，更需要你格外的关爱，要更加爱惜他才对。
＊在自己人跟前倒没什么，要是在外边随便乱说，后果就不堪设想了，以后绝对不准胡说八道哟！

老头子把怒不可遏的约翰·霍布斯推到一边，劝道：“喂，在国王和老头子面前，你要小心点。你如果想在我面前来一个父子打架，我可不答应呀。你儿子精神出了问题，更需要你格外的关爱，要更加爱惜他才对。”

老头子接着又劝爱德华道：“你这做儿子的也不对。不管你的精神是否正常，也不应该以那样的话来威胁自己的父亲。在自己人跟前倒没什么，要是在外边随便乱说，后果就不堪设想了，以后绝对不准胡说八道哟！你要明白，你说你是国王，这是犯法的。你莫非不能说你是大臣吗？唉，我想还是请你当一个大臣或一个将军好了。你随便瞎说你是国王，这太不应该了。有学问的人是怎么说的呀？对了，他们说这是大逆不道之罪，这就跟叛国贼没有差别。咱们尽管做了一点坏事，不过绝对没有一个人想造反。大家都尊敬国王陛下。现在，请大家表示一下给你看看好了……请大家一同欢呼：英国国王陛下万岁！”

“万岁！万岁！万万岁！”

一群乞丐，在老头子的领导下，一齐山呼英国国王万岁。

爱德华的脸上洋溢着欣慰，他以愉快的心情接受他们的祝福，他轻轻地点了点头，极其自然地答道：“善良的子民们，我十分欣慰！”

大家跟着又哄笑起来。爱德华这次没有表现出生气的样子，他在心里这样想：

“你们的嘲笑，我暂时忍受一下吧。要是你们知道了内情，肯定不会这样狂笑的。刚才你们确实为我山呼万岁，而且大家都是以严肃的态度来欢呼的，我会原谅你们的。”

次日清晨，一群乞丐开始向东方流浪。可怜的小国王爱德华没有机会逃走，流浪途中寒风刺骨，一双赤着的脚已冻得麻木，没办法只得随着乞丐们忍受着艰苦向前走。

老头子把爱德华交给雨果照顾，命令做“父亲”的约翰·霍布斯，不许再虐待这个孩子，又嘱咐雨果，对他不准太粗鲁。

当然，当领袖要有领袖的品质，这样才能赢得大家的爱戴。

到了中午的时候，这一队乞丐走到一个大村庄的庄头上。老头子命令道：

“喂，现在大家分头进入这座村庄里，分头行动，收获越多越好。一小时后，再到这里来集合。要小心注意，不要让警察捉到了。万一不幸被抓，依照从前的老规矩，吹口哨作信号。到时候，大伙儿跑去威胁警察，叫他乖乖躲开，让我们顺利通过这个村庄。即便遇到再大的困难，只要大家同心协力，就没有解决不了的问题。在这样偏僻的乡下地方，没有什么可怕的。但是也不能太大意了，以免出错。好，大家去吧！”

「名师点拨」

善良的爱德华看到人们对他跪拜高呼时，心中那种得意溢于言表，但是这种高兴中却包含着淡淡的讽刺意味。

「好词好句」

粗鲁

同心协力

* 可怜的小国王爱德华没有机会逃走，流浪途中寒风刺骨，一双赤着的脚已冻得麻木，没办法只得随着乞丐们忍受着艰苦向前走。

* 当领袖要有领袖的品质，这样才能赢得大家的爱戴。

「专家解疑」

偏僻：离城市或中心区远，交通不便。

于是，这一群人就按照自己选定的方向，走进村庄里去了。爱德华和雨果是一组。

雨果到了村子里到处窥探，总是看不到什么东西好偷，不禁发牢骚说："这个村庄真是太穷了，根本就没有什么东西好偷的。没法子，我们俩只好讨饭吧。"

"什么，我们俩？你一个人去搞吧，我是不干的。"

"什么，你不干？你这个浑蛋，你是从什么时候改行的？"

"改行？你这是什么意思？"

"咦，咦，不要装疯卖傻。谁不知道你这小鬼在伦敦靠着乞讨长大的？"

"不要说这种无聊的话，我从来就没有讨过饭。"

"骗人！你的父亲说，你从三岁起就出去讨饭，你现在已成专家了，不要再故作清高了。"

"你刚才说我的父亲，是指约翰那个坏蛋吧？他不是我的父亲，那个家伙所说的都是假话。"

"哦，做小偷你总有过吧？你到人家厨房里去偷点面包来吧。"

"坏家伙！不要说这些无耻的话了。"

雨果本来想揍他一顿，忽然想出一个新办法，就说："好，讨饭也不干，小偷也不干，那么，我们来做讹诈的把戏吧。"

"什么叫讹诈的把戏？"

"讹诈的把戏谁都会做。你再不干的话，我一定要把你揍个半死。你看，不是有个乡巴佬从那边走来了吗？等他走到这里来的时候，我就假装发癫痫症，倒在地上呻吟。"

"癫痫症是什么游戏？"

"哎，那不是游戏，是一种神经病。过一会儿，你就明白了。

「专家解疑」

清高：①指人品纯洁高尚，不同流合污。②指人孤高，不合群。

癫痫：病，由脑部疾患或脑外伤等引起。发作时突然昏倒，全身痉挛，意识丧失，有的口吐泡沫。通称羊痫风或羊角风。

「智慧引路」

环境真的可以塑造一个人的性格，好吃懒做的雨果所想的都是怎样才能不劳而获。读到这里，我们不禁为他感到悲哀。

等那个家伙走来，你就坐在路边，很悲伤地哀求着：‘老爷，这是我的哥哥，常发癫痫症，又没有钱，痛苦得要命。请您发慈悲，赐给这个可怜的病人一些钱吧！’你要一边哭一边反复地这样说，一直等到那人拿出钱来为止。听清楚了没有？如果你不配合我去做，就不要怪我手下无情了……噢，来了，来了，快！快开始吧！”

雨果马上倒在地下，手脚痉挛，眼珠儿往上翻，嘴里吐着白沫，呻吟不已。哪知道爱德华非但没有向那人跪下哀求，反而惊吓得站在那儿不动，哑口无言直瞪着眼睛看着雨果的怪样子。

「名师点拨」
贫穷是一个永恒不变的话题，贫穷可能会带来很多东西，可能是正面的，也可能是负面的，具体到这个叫雨果的人身上，就表现为因为贫穷而选择去欺骗别人。

「专家解疑」
痉(jìng)挛(luán)：肌肉紧张，不自主地收缩。多由中枢神经系统受刺激引起。

一个戴着草帽穿得很整齐的农夫走到了这里，看见雨果这种表情，慌忙问道：

“呀，可怜的癫痫症患者，一定非常痛苦！来，我扶你站起来吧。”说着，就伸手去搀雨果。

“是，是的，老爷，您这样仁慈，谢谢您……不过，老爷，爬起来以后，反而更加痛苦，您就让我这样躺着吧，没关系，在旁边的弟弟会照顾我的，等一会儿就会好的……老爷，您瞧，我们的命运实在太坏了，除了害这种恶病以外，又没有钱来买东西吃。看在上帝的分上，您可怜可怜我们，给我们一点钱花吧。”

农夫就从衣袋里掏钱出来，放进雨果的怀中，又对爱德华说：

“喂，小伙子，我帮你把他抬到那边的屋檐下去，让他稍微睡一会儿可能会好些。”

爱德华听他这么一说，答道：

“我跟他不是兄弟。他这种奇怪的样子，我也是第一次见。”

“什么，你说什么？你们不是兄弟吗？”

雨果急忙用可怜的声调掩饰道：

“老爷，请您听我说，这孩子根本就是一个薄情寡义的家伙。

他不愿意照顾我，所以不认我这个做哥哥的。”

“喂，小伙子，你为何这么没良心呢？怎么说出这样薄情的话呢？他不是你的哥哥，那么，是你的什么人呢？”

「名师点拨」雨果让爱德华和他一起扮乞丐骗钱，但是爱德华却戳穿了雨果的真实身份，这也让我们看到了爱德华正直的一面。

“他不是我的什么人，他是一个乞丐，也是一个小偷。你被他骗了，你的钱包儿也被窃走了！”

“哇！我的钱包不见了。”

“你用手杖打这家伙的肩膀看看。只要打一下，这家伙的病就会好起来的。”

此刻，雨果猛地跳了起来，飞也似的跑开了。

“强盗！强盗！”

农夫一边大声喊叫，一边去追赶雨果。

爱德华趁这个难得的好机会，拼命地向雨果相反的方向跑去。跑出了村庄，进入树林里面的小路之后，暂时喘了一口气，随后他还是赶快迈开大步，继续往前走。不久，便走出了树林，又踏上一条小路，路上行人稀少，这才放了心，不过仍不敢稍停片刻。

「专家解疑」酬谢：用金钱、礼物等表示谢意。

走了将近两小时，到了一个小村庄里，爱德华已饿得发慌了，如果再不吃点儿东西，就没法支持下去了。他心里想：“除了讨饭以外，没有别的办法。”

爱德华终于走到一栋农家的屋檐下，有气无力地叫道：“分点儿面包什么的给我吃吧！我忘了把钱带在身上，我是一个落难的国王。这话千真万确，现在你们帮了我，以后我肯定会加倍酬谢你们的。”

「名师点拨」爱德华仍以国王自居，遭到了人们无情的拒绝。不仅表现出人们的冷漠无情，而且有一丝讽刺的意味包含其中。

“浑蛋，胡言乱语，赶快滚开！”农夫举起扫帚，驱逐爱德华。他只好又到第二家，第三家……可惜，全都使他失望。

然而，爱德华自己逃出恶徒的魔掌，而且又探知这条路就是通往亨顿的故乡肯特郡的大路，便有了一线希望，于是就忍着饥饿继续前进。

天黑了，到处一片漆黑，他又冷又饿。在这漆黑的夜里，借着星星的亮光，走进一个农家的后院，看到一栋似乎堆放杂物的小屋，他心中暗想：“到这里面去睡吧。”

随即，两手摸索着，走进小屋里。

“谢天谢地，既有毛毯，又有稻草，可以舒舒服服地睡一觉了。”

爱德华在黑暗中摸索着，抱了许多稻草铺在地上，自己躺在稻草上，又盖了两条毛毯在身上。

当爱德华刚要入睡的时候，不晓得是什么冰凉凉的东西，在他的脸上摩擦了两三次。到处漆黑一片，什么也看不见，爱德华突然有一种恐惧的感觉。

“可能是鬼？”想到这里，爱德华不禁打起哆嗦来。转而他又想，世界上真有鬼吗？如果真有鬼的话，那么刚才那个东西，可能就是了。

之后，他终于下决心，伸手去摸摸看。最初摸到的似乎是绳索一般的东西，他便鼓起勇气顺着这绳索又向前摸，终于他的手碰到了一种柔软温暖的东西，当他仔细抚摩的时候，才发现原来是一头小牛。

“哦，是一头小牛！”他的脸上浮现了一抹微笑。

刚才摸到的绳索一样的东西，原来是小牛的尾巴。

当他弄清楚了这不是鬼怪而是小牛后，马上觉得这黑夜不再孤单寂寞了。他获得了一个好伙伴，心想，要是在白天看它的容貌肯定很可爱。于是，他就把自己睡的地方搬到小牛的旁边了。

“对了，用一条毛毯盖着睡吧！这样一来，我暖和些，小牛也

「专家解疑」
哆嗦：因受外界刺激而身体不由自主地颤动。

「名师点拨」
王子是一个孩子，对于王子的性格特点刻画得还不够多。因此在这个时候，作者就有了一个机会来表现王子童真的一面了。黑暗当中的摸索，然后抱着小牛睡觉，这些看似不经意的情节都是作者丰满人物形象的补充描写。

会暖和些了。”

于是爱德华就盖着一条毛毯，抱着小牛沉沉地入睡了。

次日清晨，爱德华身上盖的毛毯猛地被拉开，他被惊醒了。原来，小牛比他先起来了。

他一边瞧着小牛，一边爬起身来。这时听到有声音传来，那是农家的两个小姑娘，出现在牛棚门口。她们不知道在牛棚里会有一个少年，两个小姑娘吃惊地叫了起来。

「专家解疑」目不转睛：不转眼珠地（看），形容注意力集中。

两个人觉得奇怪，又有点害怕，目不转睛地瞪着他看，两人悄悄地低声说道：“是不是个乞丐呀？穿的衣服好肮脏啊！”

“他的肚子大概饿了吧！”

“好像不是讨饭的，你看，他的相貌好英俊。”

“嗯，头发也很漂亮。”

「名师点拨」通过两姐妹之间的对话，我们可以看出，两姐妹既纯真又勇敢的个性。

“再走近去看看，好吗？”

“不要嘛，姐姐。”

“为什么？”

“假如他发起狠来，怎么办？”

“不会的。他不像是那种人啊……喂，波丽西，我们两个人一块儿进去吧！”

爱德华听到了两姐妹天真无邪的对白。没多久，两个小姑娘手牵着手，向自己的身边走近几步。好像是姐姐模样的小姑娘突然问道：

“你是什么人？”

爱德华马上以庄重的口气答道：

“我是国王。”

「名师点拨」爱德华一身乞丐装扮躲在牛棚里，他居然能庄重地说自己是国王，这样的一个场景不禁令人发笑。

两个小姑娘听了不禁向后退了一步，姐姐不停地转着眼睛，

而妹妹则把眼睛瞪得又圆又大。随后她们又问道：

“你是哪一国的国王啊？”

“我是英国国王。”

姐妹俩愈发吃惊了。

姐姐又走进一步，问道：“您，真的是国王吗？”

“我确实是英国国王。”

妹妹又在旁边追问道：

“可是，国王怎么跑到了牛棚睡觉去了呢？怎么没有大臣跟随呢？”

爱德华自从离开王宫以来，这还是第一次受到人家一本正经地询问，所以十分高兴，就把事情的经过讲给她俩听。姐妹俩感觉故事十分惊奇有趣，等他讲道：因为这种缘故，所以肚子饿得很……小姑娘就说：“哎哟，好可怜呀。那么，尊敬的国王陛下，先到这边吃饭吧。”

“我们也要吃早饭了。”姐妹俩一边说一边带着爱德华到正房去。

爱德华觉得非常愉快，心里高兴地想：“啊，这是第一次相信我是国王的人，将来我正式登上王位以后，绝对不会轻视小孩子善良天真的童心。那些**自作聪明**的大人们，全都把我当作疯子看，没有一个人相信我是国王，真是可叹！”

两个小姑娘把小国王爱德华领到屋里，然后把流浪的国王睡在牛棚里的不幸遭遇讲给母亲听，并催促母亲拿东西出来请国王吃。

“啊，是这样吗？确实是个可怜的国王啊。好的，好的，我们请他吃饭吧！”

「好词好句」

一本正经

* 姐妹俩感觉故事十分惊奇有趣，等他讲道：因为这种缘故，所以肚子饿得很……

* 这是第一次相信我是国王的人，将来我正式登上王位以后，绝对不会轻视小孩子善良天真的童心。

「专家解疑」

自作聪明：自以为挺聪明，轻率逞能。

心地仁慈的妇人立刻请爱德华进屋里坐下，谈了好多事情，妇人认为他是“把自己当成国王的疯孩子”，并且疯的程度还不轻。

「名师点拨」在人们眼中，爱德华就是一个不折不扣的疯子，没有人会相信一个国王会落魄到如此地步。

“这是一个神经病症，从家中或保护人的地方跑出来走失了的孩子。他是什么地方的人呢？要是知道他的家在哪儿，还是送他回家比较好。”

所以，妇人就向爱德华提出这种问题，绕着圈子探求他的身世。例如，“你在铁匠铺做过学徒没有”？“你会不会牧羊呢”？不管问什么，这孩子总是答道：“我不是这种人，我是国王。”

「专家解疑」

探求：探索追求。

款待：亲切优厚地招待。

他的回答非常坚定，所以她也不指望问出什么线索来了。

最后，当这个妇人谈到烹调的事情和一些菜的名称时，饿得发慌的爱德华眼睛突然一亮，不仅提出好多种名菜的名字，而且谈的都是一些最讲究的菜单，所以妇人就好像明白了似的，笑道：“哦，我明白了，你一定是在饭店里面做过事的。不然的话，你怎么会晓得这么多菜的名字呢。好了，以后再慢慢谈吧，请先吃饭吧。尽管没有好菜，不过你可以跟我们一块儿吃。”

善良而亲切的农家妇人这样说了以后，就让这个肮脏的陌生孩子跟自己家里人同桌吃饭。

爱德华看到妇人对自己款待得很周到，于是决定对这一家人宽大一些。他并不命令她们站在自己身旁侍候，反而准许她们以同等的地位围坐在一张桌子上一块儿吃饭。

「名师点拨」经过简单的对话，妇人猜测到小王子之前可能在饭店做过事，所以才会让他去洗碗。

吃完饭之后，妇人向他说：“喂，小孩子，哦，不对，应该叫国王，帮忙把碗盘收拾一下吧。”

“收拾碗盘是什么意思？”

“咦，难道连这也不明白？你仔细想想以前是怎么做的，把碗盘洗一洗就好了。你一定是在饭店里做过事的，一定很会洗碗的。”

爱德华听了大怒，本来想把这个妇人大骂一顿，后来一想：“不对。据说从前爱尔弗烈德大帝也曾被人家吩咐去管理烧点心锅子的事情，他就规规矩矩地按照吩咐去做了。当时那些点心虽然是烧焦了，但如果是叫他去洗碗的话，他一定会去洗的。好，我就向爱尔弗烈德大帝学习学习吧。”

想了这些之后，他便端着碗盘去厨房里洗去了，但是总也洗不干净。他自己也觉得奇怪，洗个碗盘都这样困难吗？然而他还是耐着性子去洗，总算是洗完了。正当他一个一个地用抹布揩干净的时候，偶然抬头，看见窗子外边有两个可疑的人影。

「名师点拨」那两个可疑的身影到底是谁呢？怎么会给爱德华带来这么大的震撼呢？读到这里，我们不由得产生这样的疑惑。

“哎呀！”

那两个人正从厨房后院的篱笆外边的小路上慢慢走过来。

当他们走近了，爱德华看清楚了他们两个人时，脸色忽然变得苍白，碗从手里滑下，掉在地上打碎了。

“哎呀！是约翰·霍布斯和雨果，他们一定是来追赶我的呀！”

慌乱中，他连句道别的话都没对这家人说，便冲出去，钻过竹篱笆跑进森林里面，消失了。

名家品评

王子从小养成的傲慢习惯让他吃了不少亏，但是至今还是没有改变，这就决定了他还会吃更多的苦头。王子虽然现在非常落魄，但是内心还是非常正直的，他不会去欺骗别人。而雨果从小就生长在这样的环境中，所以受到环境的影响比较大。通过这样的对比，我们不禁会想，到底是怎样的原因让同样年少无知的孩子成长为如此不同的两个人呢？

阅读思考

1. 王子被骗到了什么地方？
2. 王子逃到什么地方了？
3. 听完王子的遭遇，两个小姑娘相信王子的话吗？

隐居的老人

为了摆脱约翰和雨果的追踪，王子跑进了一片树林里。当他不知所措的时候，他在森林深处的一所房子里遇见了一位神秘的老人，这位老人究竟是干什么的呢？王子与老人之间会发生怎样的故事呢？就在神秘老人准备杀害王子的时候，亨顿武士再次出现了，但是他的嘴早就被老人堵住了，所以只能暗暗着急。那么，亨顿武士能不能从老人手里救出王子呢？

不过，已经太迟了。

爱德华在森林里面稍微停了一下，战战兢兢地环顾四周，隐约中好像有两个人在追赶的样子，这一定是他们两个人，跨过农家的篱笆又赶到这里来了。他们似乎已经看到他的样子了。

“糟糕！”爱德华拼命地跑进森林更深处。在昨天逃跑的时候，只有雨果一个人，那时自己和他跑的方向是相反的，才有些放心。眼前的情形却大不相同了。现在最可怕的约翰和雨果一起追踪着自己。

爱德华这么一想，害怕得很，就更加拼命地继续向前跑，幸

「专家解疑」
充沛：充足而旺盛。
小心翼翼：原形容严肃虔敬的样子，现用来形容举动十分谨慎，丝毫不敢疏忽。

好刚在农家吃过早饭，力气充沛，跑起来很快。

末了，爱德华跑得筋疲力尽，才靠着大树坐下来，暂时放了心。现在到底跑了有多少路了，自己也弄不清楚，举目四望，眼睛能看到的净是森林；侧耳倾听，只听见风吹树枝的摇曳声。

爱德华这才安下心来，本来想马上到森林外边去打听前往亨顿庄园应当怎样走法，不过又恐怕被那两个坏蛋看见，因此就决心今晚在森林里面过一夜，明天早晨再上路。

所以，爱德华不得不强忍着悲哀和痛苦，在一块暖和低洼的地方，铺了点枯草躺了下来。

然而当他忍耐到日落以后，风却越来越大，风吹树叶的响声，再不能使他平静地待下去了，他突然感觉到森林中的可怕。

「名师点拨」
随着时间的推移，慢慢地，王子也可以清楚地认识自己面对的处境了。不但没有一直抱怨，反而降低了自己的要求，学会了正确面对现实。这其中都蕴含着环境对于人的改造作用。

“唉，无论怎么破烂的地方都可以，就像昨天的小牛棚也好，真想有那样的一个地方再住一晚。”

爱德华慌忙穿过森林，最初以为走不了多远就会走到大路上的，谁知道越走森林越深，走到半路天就完全黑了。

“原来漆黑的夜晚，一个人独自逃亡是多么的可怕。今天晚上，又要在这里过夜了。唉！”正在无可奈何的时候，爱德华忽然高兴得叫了起来：“啊，灯光！”

而且，那灯光离他很近。那里有一栋破烂的小屋，灯光是从门口照射出来的。

爱德华因为已经懂得了人世的恐怖，所以就小心翼翼地挨近门那边，去窥探屋里的情形，想弄清楚究竟是怎样的人家。他似乎听到里面有个男人在做祈祷，但不清楚到底是个什么人？

他偷偷地窥视了一番，那是一间小房子，地上是没有铺地板

的泥土地，墙角里有一个堆着稻草和破毛毯的床。在另外一边的墙角，有一张三只脚的小桌子，火炉里还有没烧完的柴在冒着烟。在靠墙壁的地方设有一座挂着十字架的祭坛，上边是用木箱堆起来的。箱子上点着一根蜡烛，旁边放着一本圣经和一个骷髅。

“骷髅！”

爱德华不禁感到毛骨悚然，细看时，发现原来是一座祭坛。一个老年人身穿羊皮长袍，胡子头发都像雪一样白了，虔诚地跪在那里祈祷。

“这一定是放弃尘世生活的隐士。这一下，我可得救了！”

爱德华觉得十分放心，大门尽管开着，然而他还是礼貌地敲了几下门，老人听见敲门声站了起来，目光炯炯，看着他大声说：“进来！不过，这是神圣的地方，凡是心地不纯洁的人不准进来。不然，马上会受到神的惩罚。”

爱德华自感没做过亏心事，因此便大踏步地进去了。老人以粗暴的口气说道：“嗯，进来啦！你是做什么的？”

“以前我是王子，现在我是国王。”爱德华以比较冷淡的口气，这样回答。

于是老人马上在房里踱来踱去，说道：“哦，你是国王吗？嗯，嗯，欢迎你来。以前也曾有几个人来访问过这神圣的地方，但都是些微不足道的家伙，我都把他们赶出去了。如果你舍得国王的宝座，想做一个静修生活的国王，我非常乐意收纳你。你是全世界国王中最杰出的国王。嗯，你来得对极了。这里才是最适合国王居住的地方哩！”

爱德华没想到老人居然极大地误会了自己，想要说明一下。

「专家解疑」

骷(kū)髅(lóu)：干枯无肉的死人头骨或全副骨骼。

虔诚：恭敬而有诚意（多指宗教信仰）。

炯炯：形容明亮（多用于目光）。

「好词好句」

毛骨悚然

* 一个老年人身穿羊皮长袍，胡子头发都像雪一样白了，虔诚地跪在那里祈祷。
* 如果你舍得国王的宝座，想做一个静修生活的国王，我非常乐意收纳你。

但是老人不给他机会，又继续说道："嗯，嗯，伟大的国王，住在这个地方，就可以免除世俗的一切烦恼。你可以跟我一块儿阅读圣书，祈祷神明，吃面包屑和草根，过清静的生活。绝对不用担心有什么人来找你。即便有人来，只需一句话，便能让他原路返回。"

「名师点拨」读到此处，我们脑海中不禁浮现出这样一个画面：一个老年人喋喋不休地说着，旁边一个小男孩想去解释却又无法打断老年人的话。这样的画面充满了滑稽感。

老人的话已说完，不过他的口中仍在喃喃低语，同时又在房里走来走去，看都不看一下爱德华的脸。

爱德华心里想，时机成熟了，就大声对他说了一句："现在，听我讲吧！"

然后，他就把自己的经历讲给老人听。他现在才发现这个老人是个老怪物，自己对他解说了半天，谁知道他还是旁若无人地喃喃自语着，一点儿都没有听进去自己的讲话。爱德华开始发火了："喂，我讲的话，你是在听呢，还是没有在听？你的态度太没有礼貌了！"

「专家解疑」旁若无人：好像旁边没有人，形容态度自然或高傲。

如此一来，老人也大叫道："别，别生气，我现在有一件秘密的事要告诉你。"

"什么秘密？"

"好，注意听着！"

老人忽然把腰弯下来，蹑手蹑脚地走到窗户旁边，查看了一下外边的情形之后，又把敞开的大门关好，悄然回到爱德华旁边来，压低声音在他耳边小声说道："你可别害怕，我是天使长！"

「名师点拨」王子在外头的经历真的可以写成一部奇遇记了。经历种种波折后，在逃亡的路上好不容易碰到一个神父。刚刚燃起了一点希望，又被神父这疯癫的行为所打击了。

爱德华惊讶得从火炉旁边跳起来，心想："这样还不如让那两个坏蛋逮住比较好些，我为什么会跑到这个疯子家里来呢？"

老人把这话讲明了以后非常高兴，又笑眯眯地说道："国王，你好好听着！在五年前的某一夜，从天上奉命而来的天使们，驾临这间小屋里，授我以天使长的职位。当时一道光线穿透夜晚的天空，照在了我的额角上，银光灿烂得简直让我有些眩晕。于是我就担任了天使长的职位。”

「专家解疑」
眩晕：感觉到本身或周围的东西旋转，多由内耳、小脑等功能障碍引起。
牢骚：①烦闷不满的情绪。②说抱怨的话。

讲到这里，老人忽然变得非常生气，说道：“然而，仅仅当个天使长，是无法满足我的要求的。因为上帝在二十年前就答应过我，将来让我当教皇。要不是有人从中作梗，我早就当上教皇了，不会仅仅只做一个天使长。你知道是谁在从中作梗吗？就是那个家伙！那个暴君！那个坏蛋国王！”

老人自己一个人莫名其妙地发牢骚，后来大概是疲乏了，“砰”的一声就坐在火炉旁边，有气无力地问道：“国王，你饿不饿？”

“饿了。”

“哦，那么，跟我一块儿吃饭吧，我也饿了。”老人就马上拿出面包给爱德华吃，自己也开始吃了起来。尽管是很难吃的黑面包，然而爱德华因为太饿了，也只好勉强啃着。*尽管这儿气氛很恐怖，但比起在寒冷可怕的森林里饿着肚子不知要好多少倍。*

「智慧引路」
有时候我们所处的环境并不是最恶劣的，懂得满足是非常重要的。

吃完饭之后，爱德华困得要命。老人看到了，就说：“啊，国王，你在打瞌睡吗？好，好，到这边来，好好地休息吧。”

他一边说一边领着爱德华走进隔壁的小房间，指着角落的一张床，要爱德华去睡觉。

尽管这是一张又脏又硬的床，不过总比没地方睡觉好得多。好久没有在床上睡觉了，当爱德华一躺下去的时候，老人就替他把破毛毯盖上，又亲切地说了一声：“晚安。”

老人这才回到隔壁的火炉旁边去。

他转身回来之后，便目光呆滞地看着前面，似乎在考虑着重大的事情一样。不一会儿，他的眼睛忽然又炯炯发起光来，随后立刻站起来，走到隔壁房间门口，以天使长的严肃声调问道：

“你确实是国王吗？”

国王从床上模糊地答道：“没错。”

“你是哪国的国王？”

“嗯？你问什么？”

“你是哪国的国王？”

“英国的。”

“什么，你说是英国的！嗯，那么，亨利八世死了吗？”

“啊，是的。我是他的儿子。请你不要再问了，我实在太困了……”

老人的眉头紧锁，呼吸急促，一双野兽般的眼睛露出了凶光。他用沙哑的声调说道：“你知不知道，把我们赶出来，使我们背井离乡的，就是你的父王亨利八世？”

躺在床上的爱德华一言不发。老人悄悄走过去，凝望着他的脸。

他已经睡得很熟了。

“嗯，你睡了，睡得很好……”老人喃喃自语着，带着一抹微笑，返回隔壁房间里找东西去了。许久，才找出一把生锈了的菜刀和一块磨刀石。

“嗯，好不容易找到了。”老人又这样小声地说了一句，就把它拿到火炉旁边，嘴里一面念念有词，一面开始磨起刀来。

此刻，外边刮着大风，森林的树枝时时发出嘘——嘘——的声音。

「好词好句」

目光呆滞

背井离乡

* 他转身回来之后，便目光呆滞地看着前面，似乎在考虑着重大的事情一样。

* 老人的眉头紧锁，呼吸急促，一双野兽般的眼睛露出了凶光。

「专家解疑」

念念有词：①旧时迷信的人小声念咒语或说祈祷的话。②指人不停地自言自语。

然而，爱德华和老人都没有听到这种声音。爱德华沉沉地睡着了，而老人则专心地磨着刀。

不一会儿，老人用手指头试了试刀锋，咧嘴一笑，喃喃低语道：“嗯，刀锋已经磨得很锋利了。可以砍得动了……”

「专家解疑」
叽里咕噜：形容听不清楚或听不懂的说话声，也形容物体滚动的声音。
碍（ài）事：①妨碍做事；造成不方便。②严重；大有关系（多用于否定式）。

随后，他又继续磨刀，嘴里还是叽里咕噜地念叨着，心里想：“这老家伙把我们整得好惨哟！可恶的亨利八世……然而他已经死了，他已经掉进十八层地狱里去了。没能亲自杀死那个暴君实在遗憾，幸亏我遇到了他的儿子。哼，我本来会当教皇的，现在只能做一个天使长，这都是那小子的父亲干的好事。他压迫我们宗教团体，毁坏我们的教堂，把我逼到这里来……”

这时，“咔嗒”地响了一声，是爱德华睡在隔壁破床上翻身的声音。

令老人吃惊的是，他偷偷地去看爱德华时，王子仍然呼吸均匀地熟睡着。

“嗯，他睡得很香。但是，等一会儿我动手杀他的时候，他如果喊叫起来，岂不碍事？有没有什么好办法呢？”

「名师点拨」
老人把刀磨好，然后又把爱德华绑到了床上，这样的情节安排不禁令人为爱德华的命运感到担忧。

老人考虑了一下，就在房间里找来了很多破布和绳子，悄悄地把爱德华的两只脚牢牢地绑在床上，又把他的两只胳膊捆在一起。

“行了，这样一来，他一点儿都不能动弹了。实在不行，再把他的嘴堵塞起来，就不碍事了。”

爱德华还在做梦，什么也不知道。老人又回到火炉旁边，继续磨刀。

又过了很久，已经是夜尽天明时。老人就像大蜘蛛在玩弄被

黏在蛛网上的蝴蝶一样，面露残酷而得意的表情。一面盯着爱德华，一面加紧磨刀，把刀磨得闪闪发光，十分满意地瞧着刀说："天也快亮了，我期待了一辈子的复仇的机会到了，把仇人的儿子杀了吧！"

他突然站起身来，轻手轻脚地走进隔壁房里，把破棉絮塞进爱德华的嘴里，再用布条把他捆绑起来。

"呜……呜……"爱德华惊醒了。睁开眼睛一看，在蜡烛光的照耀下，眼前是一幅可怕的场景，啊！闪闪发光的菜刀，正对着自己的喉咙。自己的手脚被绑得牢牢的，嘴里塞满了棉絮，想叫也叫不出声来。

现在的他确实无计可施，只好用带着恐怖、愤怒和怨恨的眼神，盯着魔鬼般的老头儿。

"亨利八世的儿子，你就做最后的祈祷吧！"

老人把菜刀举得高高的，对准着他满脸狞笑地说。

"呜……呜……"

爱德华拼命地挣扎，绳索不仅一根都没有断掉，连松都没有松。现在只能任凭别人宰割，一点儿办法都没有。他的眼泪不停地流着，好后悔昨晚来到这里。

老人幸灾乐祸地讥讽道："哦，哭了吗？不行，太迟了，哭也没有用。这是你的老子亨利做坏事的报应啊，你是我们宗教团体破坏者的儿子啊！你的老子妨碍我当教皇，把我赶到森林里，使我只能退居天使长的职位。暴君的儿子啊，你和你的老子一块儿到地狱里去吧。哦，哦，天亮了。你就断了一切求生的念头，把眼睛闭起来吧！"

「好词好句」

幸灾乐祸

* 他突然站起身来，轻手轻脚地走进隔壁房里，把破棉絮塞进爱德华的嘴里，再用布条把他捆绑起来。

* 暴君的儿子啊，你和你的老子一块儿到地狱里去吧。

「专家解疑」

无计可施：没有计谋可以施展，指想不出对策，没有任何办法。

老人把菜刀握紧。爱德华的性命如同风前残烛一样危在旦夕。

正当这千钧一发之际——忽然有人拼命地敲门。

“喂，开门，开门。快点开门……喂，倘若不赶快开门，我就把门打破了！”

老人猛地把菜刀朝地上一扔，把自己身上穿的羊皮袍子脱下来，盖住爱德华的脸，又把小房间的门扣上，这才走到外面的房间去。

“开门啊！”这叫声，在爱德华一生中，应该算得上最动听的了。

那是麦尔斯·亨顿的声音！

“啊，啊，亨顿！”爱德华尽管想这样喊叫，但是嘴张不开。他的嘴不仅被堵塞住了，而且上面还绑有布条儿，又被羊皮袍子盖着，怎么能够发出声音来呢？

不一会儿，爱德华只听到他们两个人的谈话声：“快点说，

「好词好句」

危在旦夕

＊老人猛地把菜刀朝地上一扔，把自己身上穿的羊皮袍子脱下来，盖住爱德华的脸，又把小房间的门扣上，这才走到外面的房间去。

小孩在什么地方？”

“小孩，什么小孩？”

“少给我装蒜，快说老实话。我刚才在森林的那边捉到拐骗小孩的两个歹徒，他们已经招认了。在他们追赶孩子的时候，发现孩子的足迹，证明是到这里来了。你明白了吧？你是瞒不住的，快点把小孩交出来吧，我是这小孩的保护人。”

“我明白了，你是说那个穿着破烂衣服的小鬼吧？没错，昨天晚上，他在这里睡了一夜，天刚亮我就派他到前面村子办事去了。”

“什么，有事出去了？什么时候回来？”

“一会儿就会回来的，你等一会儿好了。不过这孩子游荡惯了，可能一去不回也说不准。如果你急着找他，最好是立刻追去，否则，他或许会跑掉了，反而误了你的事。”

“哎呀，这倒奇怪了。老先生，你在扯谎吧？那孩子不是这种人，

「专家解疑」

装蒜：装糊涂；装腔作势。

游荡：①闲游放荡，不务正业。②闲游；闲逛。③漂浮晃荡。

「名师点拨」亨顿非常了解王子的性格，他知道没有一个人可以驯服王子。亨顿在最后提出的疑问，正是对老人怀疑的直接体现。

他是不会接受任何人的命令去跑腿的。如果你要叫他做事，他一定会斥责你失礼的。老先生，尽管你的胡子很漂亮，然而你的谎言实在不怎么高明，那小孩会服你？”

“对，你说得不错。那孩子的确是这么一个人。但是，在我面前，他是抬不起头来的。所以，我的命令他不能反抗的，他已高高兴兴地为我跑腿去了。”

“老先生，你虽然是住在这座森林中，看起来却似乎是个很有地位的教士哩。”

“嗯，我本来就不是俗人嘛。”

“不是俗人？这是什么意思？”

“好，那么我就把秘密告诉你吧，绝对不要跟别人讲。”

老人的眼睛闪闪发亮，附在亨顿耳边小声说道：“我是天使长啊！”

「专家解疑」目瞪口呆：形容受惊而愣住的样子。

「好词好句」侧耳倾听

*这是爱德华在他们两个人谈话的时候，使出全身的力量，好不容易才把盖在脸上的羊皮袍抖落到地上去，从被塞着的嘴巴里拼命向亨顿求救，并发出呻吟声。

听到这话，亨顿惊得目瞪口呆，这才明白这老人到底怎么了。当时心里想：“哎呀，天啊！由此可见，那个自称国王的爱德华确实顺从地到村子里跑腿去了。这真是‘疯子遇到神经病’，两雄相会。在这座孤独的小房子里彼此显耀权威，这出好戏真可惜没有赶上。哦，现在不是想这些闲事的时候。我需要马上决定，是信这个老疯子的话，还是在这儿等小疯子回来，还是出去找他好呢……”

当亨顿交叉着胳膊考虑的时候，耳朵就听到：“呜……嗯……”一种很轻微的声音，搞不明白是从哪里发出来的。

亨顿很奇怪，侧耳倾听。这是爱德华在他们两个人谈话的时候，使出全身的力量，好不容易才把盖在脸上的羊皮袍抖落到地

上去，从被塞着的嘴巴里拼命向亨顿求救，并发出呻吟声。

然而，老人还在装糊涂，答道：“你是说听到什么响声了吗？我可是什么也没有听到。”

“不，听到了。确实听到有响声。”

“哦，那么，也许是马的嘶叫声？你不是把马拴在门外了吗？”

「好词好句」
嘶叫
*是不是马和骡子的叫声混合在一起的声音呢？它们如果合唱起来，自然就变成这种怪声怪调的呀。

“不错，我带有马和骡子。我本打算自己骑马，让那孩子骑骡子。但是，刚才绝不是马或骡子的嘶叫声！”

“那么，是不是马和骡子的叫声混合在一起的声音呢？它们如果合唱起来，自然就变成这种怪声怪调的呀。”

“不，无论马也好，骡子也好，这些都没有关系。我实在是太担心那个孩子了。对不起，天使长，那孩子是朝哪条路走的？请您告诉我好了。我是个急脾气的人，不能在这儿耽搁了。”

“好，好，我告诉你。那么，我们一块儿到前边去再说吧。”

老人心想：“这下子可好了。”就马上把亨顿带出房门去。

“呜呜……”爱德华躺在床上，感到绝望极了。本来以为可以获救的，哪晓得这一线希望转瞬即逝。他想，自己的呻吟声应该能进入亨顿耳朵里，岂料还是被老人骗过去。他倾听着远去的马蹄声音，不禁痛恨万分。

「名师点拨」
我们总说世事难料。这些巧合和令人难以预料的因素在小说中更加明显。看起来，麦尔斯的到来将会解救王子，让他脱离危险，可是事实上情节的发展并没有这么顺利。

完了，立刻就要被人家杀了，还不如……

爱德华下了最悲壮的决心，使出所有的力量开始滚动，他像发了疯似的滚来滚去，打算把捆着他的绳索滚断，即使把自己的手脚弄断也在所不惜。

这时，他听到一阵猛烈的开门声音，心想：“糟糕，老人回来了！”

正当爱德华万念俱灰之时，定睛一瞧门口站的不是那个老人，原来是约翰·霍布斯和雨果。

“小鬼被绑起来了。”

“我还活着呢！”爱德华自言自语。

“你放心吧，我们一块儿逃走。”

两人马上给爱德华松了绑，一人一边挽着他出了门，向森林逃去。

爱德华被他们两个人拉着走，本来想高声喊叫亨顿的名字，而且塞住嘴巴的东西也已经掏出来了，然而因为没有力气，只能发出轻微的呻吟声。此刻，听

到从后边传来马蹄的响声。回头一看，正是麦尔斯·亨顿骑马追来。他不相信老人的话，赶快回转到这边来，凑巧碰见两个坏蛋和爱德华正从那栋小房子跑出来，就随后赶上。

“啊，啊，亨顿来了！我的忠臣亨顿来了！亨顿骑马赶来了！”

爱德华在这九死一生的时候，异常兴奋，已忘记了疲乏，勇气大增，拼命挣开了两个坏蛋的手。此刻，亨顿在后面大叫道：“歹徒们，我这回再也不能饶你们了，非要你们的狗命不可！”约翰和雨果互相使了一个眼色，便朝着特别浓密的森林深处没命地逃走了。“啊！亨顿，你来得正好！”

「专家解疑」
九死一生：形容经历极大危险而幸存。

爱德华一边欢呼，一边朝跳下马的亨顿飞奔过去，流着泪双手抱住了他。

名家品评

从老人的描述中我们可以得知，亨利八世是一个彻头彻尾的暴君，而他所犯下的罪恶即将由王子来承担。虽说善有善报，恶有恶报，但王子的命运还是非常令人担心。王子刚刚逃出约翰和雨果的追踪，如今又落入老人的手中，遭遇竟然如此的艰难。就在他即将被杀害的时候，亨顿武士出现了。亨顿武士就是正义的化身，这也是作者屡屡安排他在关键时刻出现的意义。

阅读思考

1. 王子遇见的神秘老人是谁呢？
2. 这位神秘老人想对王子做什么？
3. 是谁的突然出现才让王子得以逃脱的？

亨顿的故乡

亨顿武士带着王子回到了自己的家乡，介绍了自己家的情况。然而，家里的一切却让亨顿所有的梦想和希望都在瞬间破灭。到底发生了什么呢？王子和亨顿武士各自在考虑着各自的事情。最终王子决定自己写信，然后让亨顿交给自己的舅舅，但是这时修去报了案，接下来将会发生什么呢？王子的命运又会遭到怎样的打击呢？

亨顿救了爱德华之后，并没有去追赶两个歹徒。他找到了骡子让爱德华骑上，马上走出森林。这自然是往亨顿的故乡肯特郡去的。

这时，爱德华的精神很快就恢复过来了。两个人一边走一边说，爱德华将老人如何设计谋害自己告诉了亨顿。亨顿听了，又惊又气。

当天，两个人赶了一天的路，天黑的时候抵达某一乡镇，住在客栈里。两个人的关系还保持跟从前一样，当爱德华吃饭的时候，亨顿就在旁边侍候着。由于以前特准亨顿在“小国王”面前就座，因此在其他时候，亨顿还是非常舒服的。

次日，还是继续赶路，到了第三天中午，亨顿笑逐颜开地说道：

“陛下请看，前边就是我的村庄，最靠左边，您可以看见一座巨大的宅邸，那就是我父亲的宅邸。陛下或许认为不值得大惊小怪，不过它有七十个房间，里面有三十几名男仆、女婢。”

「专家解疑」
宅邸：宅第。
狞笑：凶恶地笑。

“你不是有一个心眼很坏，名叫修的弟弟吗？”

“没错！啊，您的记性真好，不过我再也不会受修的骗了。父亲跟我约好脱离父子关系的三年期限早已过去了，我可以回来了，而且阿瑟哥哥对我很好。哦，对了，还有一桩事，我还没有讲给陛下听呢。我们家里有一个养女，名叫爱迪斯。父亲早就答应将她给我做妻子了。陛下，请您赏光，让爱迪斯能荣幸地接待您。她是一个外表漂亮、性情温柔的好姑娘。从幼年时候起，我们俩就很要好……”

「名师点拨」
亨顿沉浸在对过去的美好回忆之中，想到了自己心爱的人，与后文形成鲜明对比。

亨顿边笑边讲，不觉已经抵达壮丽的宅邸了。两个人还是骑着马和骡，走进门内，经过花园，最后抵达了宅邸的大门口。

亨顿跳下马来，牵着爱德华的手，走进宽敞的大厅。当他看见有一个青年坐在壁炉旁边椅子上的时候，就很兴奋地跑过去，伸出手叫道：“哦，亲爱的弟弟，你好吧！我已经平安归来了。爸爸、哥哥可好，都在后边吗？”

谁知那个青年——修，不仅不和亨顿握手，反而往后退了几步，脸上显出十分惊愕的表情。一刹那，又突然改变为诧异和不认识的样子，一本正经地说道：

“我不知道你是什么人，你大概弄错了吧。我们以前见过吗？我印象里怎么从来没你这个人呢？”

「名师点拨」
从修的动作以及表情就可以看出他在撒谎。我们不禁为武士捏了一把汗，到底修为什么会这样做呢？武士会不会遇到什么麻烦呢？

“喂，喂，别开玩笑吧。难道你连哥哥——麦尔斯·亨顿的相貌都不记得了吗？”

修狞笑道：“哈哈……哈哈……你这家伙故意跟我开玩笑。

麦尔斯·亨顿早就死了，我不是在大白天里碰到鬼吧？”

此刻，麦尔斯再也忍不住了，大叫道：

“喂，修，你当真认为是这样吗？”

“当然是真的。七年前，我的哥哥麦尔斯在外国战场上牺牲了。当时，外国还有通知寄回家来呢！”

“你说谎！唉，我不跟你说了，你让我见见爸爸和哥哥吧！”

修就更加**装模作样**地说：“我的父亲和兄长，跟你这家伙毫无关系，你为何要见他们呢？他们两个人早就去世了。”

亨顿听到这个坏消息，如同**晴天霹雳**，差点儿昏了过去，极力镇静自己，说道：“什么，爸爸和哥哥都不在了？！唉，十几年来想重见他们的愿望，一下子破灭了，如今什么都完了！没想到好人不长寿，现在只剩下这个坏蛋弟弟！那么，爱迪斯总在吧，她也死了吗？”

“哼，你这家伙对于我家里的情形，倒很清楚！”

“别胡说！爱迪斯怎么样了？”

“哦，她很好，她还在。”

“是吗？这就好了！只要让我见到爱迪斯，她会澄清我的身份。你这家伙，明明知道我是谁，故意要装糊涂。你以为你的阴谋诡计，我不知道吗？好，赶快把爱迪斯叫出来！”

“这是怎么搞的！居然会有这样荒谬绝伦的事情！真让人意想不到！”

亨顿继续不断地这样喃喃自语着，激动、气愤地在房里踱来踱去。

这时，坐在房间角落里的爱德华安慰他道：“亨顿，不要难过。由于自己的权利被人剥夺而悲叹的人，世界上也不只有你一个人。

「专家解疑」

装模作样：故意做作，装出某种样子给人看。

晴天霹（pī）雳（lì）：比喻突然发生的意外事件。也说青天霹雳。

「好词好句」

荒谬绝伦

*十几年来想重见他们的愿望，一下子破灭了，如今什么都完了！没想到好人不长寿，现在只剩下这个坏蛋弟弟！

「专家解疑」
同病相怜：泛指有同样不幸遭遇的人互相同情。
苦衷：痛苦或为难的心情。

眼前就有一位与你同病相怜的人。”

亨顿不禁很气愤地说道：“什么？陛下，请您不要认为我是冒充的。”

“我绝对没有怀疑你。”

“谢谢您。”

“你不是也怀疑我的身份吗？”

当亨顿不知怎样回答的时候，有一个衣着华丽的贵妇，跟在修的后面走进房里来了。紧随其后的是一大群男女仆人。

「名师点拨」
作者运用比喻的手法，用拖往刑场的凡人来比喻贵妇现在的忧伤，非常形象、具体。

贵妇的容貌，确实美丽可爱。然而她的表情充满了悲伤，一直低着头瞧着地板，仿佛被拖往刑场的犯人一般，慢慢地走了过来。

麦尔斯·亨顿一看见她，就用充满热情的声音叫道：“嘿，爱迪斯！”

修突然站在两个人中间，说道：“爱迪斯，我刚才跟你说的那个怪物就是这个人。如何？仔细打量他的相貌，以前，你看见过这个人没有？”

「名师点拨」
亨顿武士怀着非常激动的心情回到了家乡，可是弟弟修不认他，这还不算，就连自己的恋人都不认识自己了。这个打击对于麦尔斯无疑是巨大的。

贵妇和亨顿会面了。在两个人四目相对的一刹那，贵妇的脸发红了，在她惊讶的眼神中，流露着一种难言的苦衷。片刻，她的脸色逐渐变得苍白，手脚也不停地发抖。许久，她才用有气无力、冷冷冰冰的口气说：“我不认识您。”

说罢，这个女人转身摇摇晃晃地出去了。这时，贵妇的眼睛里充满了泪水，不过亨顿并没有注意到。

这个打击实在太大了，亨顿震惊得哑口无言，砰的一声坐到旁边的椅子上，深深地叹了一口气。修瞟了亨顿一眼，向仆役们说道：“怎么样，你们认识这个人吗？”

仆役们都摇头否认。

“哦，谁都不认识他吗？彼德、白纳特、玛格丽特，你们都是我家里十几年的老人了，你们都不认识他吗？”三个被指名的老仆人也都摇头否认。

所以，修就装得格外有礼貌，向亨顿说道：“您看看，仆役们没有一个认识您的，您自己搞错了吧？我的妻子也说从来没有看见过您。”

亨顿大怒，跳起来骂道：“什么？她是你的妻子？你说爱迪斯已经是你的妻子了？啊，我终于明白了，我彻底看清楚了！你这个没有人性的东西！一定是你写了一封假信，伪称我已经死在外国了，强娶爱迪斯，霸占家产！”

「名师点拨」当看到自己的弟弟娶了自己心爱的人时，他再也忍不住了。“跳起来骂”这一动作，再加上连续三个问句，非常形象地描写出了武士暴跳如雷的形象。

“胡说八道！你是哪里来的疯子，倘若有什么委屈，你去告我好了。”

“放屁！亲兄弟打官司，那还成什么话？唉，我再也不饶你了，倘若你不改过自新的话，我就拿这把剑……”

亨顿手握剑把，瞪着修大骂。修一时吓得慌忙向后退，并被椅子绊倒了，他大声命令仆役们说：“喂，把这个家伙捆起来！”

三十几个仆人听到主人的这声命令，大家只是把袖子卷了一卷，谁也没动手，其中有人说：“老爷，他手里拿着剑哟！”

“嗯，剑又怎么样！对手只有一个人，赶快去揍他。大家一起上！”

「名师点拨」通过修的话语，我们可以看出修的残暴和恶毒。

亨顿大叫道：“好，来就来吧！喂，彼德、白纳特，你们不会忘记我从前的本领吧？现在，让我来露两手给你们看看。你们就一起来吧！”

「专家解疑」

慑服：①因恐惧而顺从。②使恐惧而屈服。

追悔：追溯以往，感到悔恨。

荒唐：①（思想、言行）错误到使人觉得奇怪的程度。②（行为）放荡，没有节制。

众人在这种威严下慑服了，没有一个人敢上前去。

修非常生气地骂道：“哼，这实在是不像话！你们赶紧到那边去拿家伙，守住各个门口，另外叫一个人去报案。喂，快点，快点！”

仆役们都争先恐后地跑了出去。

修也很机警地跑到门外去，调过头来说：“喂，你想逃走也不行了。”

“别瞎扯，就是你要我走，我也不会走的。麦尔斯·亨顿是本庄园的真正主人。我是一步都不会离开这里的。”

“骗子，等一会儿，你就会追悔莫及！”

修说完后，就赶快躲了起来。

「好词好句」

各怀心事

彻头彻尾

＊亨顿和爱德华在大厅里，由于各怀心事，彼此都默不作声。

＊我这个国王，这样在乡下流浪，而国王的宝座到现在还是空着的，没有人继承王位，竟然没有引起全国的大骚动，不是很奇怪吗？

亨顿和爱德华在大厅里，由于各怀心事，彼此都默不作声。不久，爱德华自言自语地说道：“奇怪，真奇怪。不管怎么想，我都不明白。”

亨顿伸着胳膊答道：“不，陛下，这没有什么奇怪的。修这家伙，本来就是这种彻头彻尾的坏蛋。”

“我不是说你的弟弟。”

“哦？您不是在说修吗？嗯，那么，您说的是爱迪斯吧？确实是，爱迪斯的态度，我也觉得很奇怪。”

“不过，我感到奇怪的事情比这更重大。你想想看，我这个国王，这样在乡下流浪，而国王的宝座到现在还是空着的，没有人继承王位，竟然没有引起全国的大骚动，不是很奇怪吗？”

“啊！是这件事情吗？”

亨顿一开始觉得这话荒唐得很，因此才没精打采地答复了一下，然而不久又改变想法，说道：

“陛下，您说得对，真的是这样。”

“现在，我想起一个好主意来。现在可行的办法只有一个，这样我们都能争得自己应有的权利。这个办法就是：我用拉丁文、法文和英文三种文字写一封信。你拿着这封信，明天早晨就赶到伦敦去，到了白金汉宫，亲自把信交给我的舅舅哈弗特。他认识我的笔迹，他一接到我的亲笔信，一定会大吃一惊，立刻就会派军队来迎接我。唉，早点儿这样办就好了。你一个人骑马赶去，也许只要两天就可以到了。我就留在这里，先找个旅馆住下来等你的消息。”

亨顿用十分佩服的口气答道：“啊，陛下，您想的办法很是巧妙。然而请您等一下，等我把这个庄园的纠纷解决了以后，就马上利用我的地位……”

「名师点拨」虽然王子的这些话听起来有些高傲和目中无人。但仔细一想，我们就会发现，王子其实是一个聪明、有智慧和头脑的人。

“算了吧，一个国家王位的问题和一个地方贵族的继承问题，你看哪个重要？不用担心，你就照着我的话去办吧。关于亨顿庄园的问题，我会给你好好安排的。”

凑巧桌子上有笔墨，爱德华便马上开始写信。

亨顿一面在旁边看着他写，一面想道：“嗯，这孩子真不错。他能用三国文字写信！哈哈……我不知道他是怎么学会的，不过他说的一些事情，倒是蛮有趣的。可能是在没有疯以前，看过不少关于国王故事的书，到现在还记得呢。”

他为这孩子的聪明而感到高兴，然而现在最要紧的，还是要好好考虑一下目前的事情应该怎么办。没多久，等爱德华把信写好，交给他的时候，他郑重其事地说：“那么，我就收下了。”

「专家解疑」郑重其事：形容对待事情非常严肃认真。

他伸手接过信，并放进自己的衣袋里，然后继续考虑自己的事情。

“嗯，真奇怪，爱迪斯进来一看见我，就说不认识。她嘴里虽然是这样说，可她的神色却是那样惊慌，她的手又在发抖。这是怎么一回事呢？她明明认识我，却故意在说谎。我的相貌，在这十年来，不会变得连她都不认识了？那么，心地善良的爱迪斯，为何要说谎呢？我们是青梅竹马的朋友，她为何要这样对我呢？嗯，对了，她一定是受了修的威胁，被强迫说不认识的。女人结婚之后，就只能听从丈夫的话。然而，爱迪斯！你我的关系不同，不该对我说谎的。唉，人生真是没有意思……”

此刻，意想不到的是爱迪斯推开门突然跑了进来。

亨顿死瞪着她。爱迪斯低着头说：“修刚才亲自骑马跑去报案了，我是趁这个机会跑来劝您的。”

「名师点拨」爱迪斯可能并不知道（或者装作不知道）站在她面前的是亨顿本人，但她还是把他们的处境告诉了他们，这一点值得我们敬佩。

“你不要管别人的闲事，对于一个与你不相干的人，有什么好说的。”

“不，麦尔斯。”

“什么，你也知道我叫麦尔斯？”

「专家解疑」诚心诚意：心意很真诚。

“是的，我，我是诚心诚意来劝您这位和麦尔斯相像的先生的。您在这里待下去十分危险，还是请您尽快离开吧。”

“混账东西，别胡说八道。我是本庄园的真正主人。”

“不，请您听我说。您跟已故的麦尔斯·亨顿确实很像，因此我更要……”

“我就是麦尔斯·亨顿本人呀！”

「名师点拨」当面对那种无法抗拒的事情时，每个人的态度都会有所不同。可怜的爱迪斯选择了忍辱负重，即使她在心里对于曾经的爱人无法忘怀，但是也不能表现出来。

“是，是的，我很了解您的心情。然而，我对您的命运特别担心。因为我的丈夫修，是本地最有势力的贵族，官员和老百姓都怕他，不管什么事情，都要遵照他的意思去做。因此，您的相貌和死了的麦尔斯·亨顿越是相像，您的性命就越危险。他一定会去告您，说您想抢夺亨顿庄园的财产。那些人对他很顺从，这将对您和您的朋友非常不利。”

爱迪斯微微停顿了一下，注视着亨顿的脸，接着又说：“而且，即便我的丈夫和官员们，都晓得您是真正的麦尔斯·亨顿——这是最重要的一点，请您好好地听着——但是，您的性命还是照样的危险。我的丈夫绝对不会认您是麦尔斯·亨顿的，他反而会一口咬定您是冒充麦尔斯·亨顿的。如此一来，没有人会反对我丈夫的意见，替您说句公道话。”

“哼，即使是这样，那也没有什么可怕的。连曾经海誓山盟的爱人都变了心，给我这样大的打击，何况修从小就跟我为敌？”

爱迪斯的脸色突然变得苍白，两手发抖，低下头去。不一会儿，又抬起头来，用更有力量的声音说：“恐怕没有时间耽搁了，请您尽快，尽快走吧！修是一个冷酷无情的家伙，我已经成为他的奴隶了。我对他非常了解，所以相信我是不会错的，您明白了没有？

麦尔斯哥哥、阿瑟哥哥、李察德表亲们都已经死了，您突然出现，又自称麦尔斯·亨顿，威胁到了修的地位和财产，修怎么会轻易地放过您呢？哦，我害怕死了，都快要急疯了，求求您，请您赶快逃走吧！倘若钱不够用，就请您把这个钱包收下吧，也可以用来收买把守在门口的仆役们，叫他们放您过去。请您不要拔出剑来，赶快逃走吧。唉，快点，时间太紧迫了。”

爱迪斯一边用颤抖的声音说着，一边拿出了钱包。亨顿拒绝收她的钱包，又仔细地凝视着爱迪斯的脸，以沉痛的口气说道：“我什么话也不说了，我只有最后一个请求。倘若你不回答我，我就会发疯的。好，请你再仔细看看我，看清楚后请答复我的问题。我是不是麦尔斯·亨顿？”

「名师点拨」经过这一连串的打击，亨顿武士甚至开始怀疑自己了。

“不，我不认识您。”

“你敢发誓吗？”

爱迪斯突然全身发起抖来，片刻后，用痛苦的口气说：“我发誓，我不认识您。”

「名师点拨」通过爱迪斯的动作和表情，我们很容易就可以看出，她是在撒谎。她显然是认识亨顿的，是什么原因导致她不敢说自己认识他呢？

听了这话的亨顿暴跳如雷，怒吼道：“我不相信，我不相信！哪，哪会有这种事呢！”

“请赶快逃走吧！快点！快点……马蹄声越来越近了！呀！”

当爱迪斯摇摇晃晃地站起身来，往窗户那边走的时候，门外已经有很多人纷纷跳下马来。修率领了十几个警察，后边跟着一大群拿有武器的仆役们，大家蜂拥而上，一起冲进屋子里来。

「专家解疑」

暴跳如雷：跳着脚喊叫，像打雷一样，形容大怒的样子。

蜂拥：像蜂群似的拥挤着（走）。

麦尔斯大声斥责：“不准吵闹，安静些！我是本宅的主人麦尔斯·亨顿，这是我所保护的伦敦少年。你们这些家伙，没有我的许可，跑进来干什么，都滚出去！”

在这当儿，早有几个仆役悄悄绕到亨顿背后，拿棍棒猛击亨顿的膝盖弯。因为他们知道亨顿很厉害，所以预先商量好了，先从后边偷袭。亨顿尽管武艺超群，警觉性也很高，然而没有想到自己家的仆役竟会暗算自己。终于，他的脚被打伤了，踉踉跄跄地走了两三步，马上用手拔剑，警察们便一起跑过来打他，双方混战在一起。亨顿虽然很勇敢，但因寡不敌众，结果被绑了起来。

“把这个小家伙也绑起来！”

早有五六个人听着命令，毫不留情地将爱德华也绑了起来。爱德华大怒，斥责道：

“我是国王！你们竟敢对国王失礼！以后你们会后悔的！”

他虽然这样大声叫骂，但在这样混乱的情况下，谁也没有听见他的话。就是听见了，也不会把它当真。

麦尔斯·亨顿和爱德华被拖到监狱关了起来，他们将受到“企图冒领亨顿财产罪”的审判。

「专家解疑」

踉跄：走路不稳。

「好词好句」

寡不敌众

*他的脚被打伤了，踉踉跄跄地走了两三步，马上用手拔剑，警察们便一起跑过来打他，双方混战在一起。

*他虽然这样大声叫骂，但在这样混乱的情况下，谁也没有听见他的话。就是听见了，也不会把它当真。

名家品评

亨顿武士满心欢喜地回家，却遭到了如此沉重的打击。原本亨顿武士准备的是一出喜剧，没想到自己竟然是这出悲剧的主人公。亨顿武士始终用他的无私和正直保护着王子，但自己的身份始终没人敢去承认。当一个人不被承认的时候，这或许就是这个人最大的悲哀，而这些正是亨顿武士如今所承受的。

阅读思考

1. 亨顿武士回家之后遇到了什么事情？
2. 亨顿武士的父亲和哥哥出了什么事？
3. 亨顿武士回家的结局是怎样的？

狱中生活

在监狱中，王子得知汤姆很快就会成为英国的国王了，得到这个消息的他慢慢陷入了思考中。到底王子在考虑什么呢？他是想通了什么问题呢？还是做出了什么决定呢？王子遭到鞭打时，亨顿武士决定代替王子接受这次的刑罚，而且是双倍的刑罚。面对这样的决定，王子会怎样选择呢？亨顿武士到底怎么样了呢？

由于禁闭重罪犯的单人牢房已经爆满，因此他们一起被关在轻罪犯的大牢里。没有把两个人分开，这还算是不幸中之大幸。

大牢里另外还关有二十几个罪犯，男女老少都有，大家都各自占据一个角落。

其中，最气愤的就是爱德华了。

“这是什么法律？这是我所要统治的国家的法律吗？世界上，还有把国王关进监狱里的法律吗？”

爱德华非常**愤慨**，不停地向亨顿发着牢骚，然而亨顿像没听见似的，一声不吭地陷入沉痛中不能自拔。

「专家解疑」
愤慨：气愤不平。

“唉，这就是十几年不见、满怀希望的故乡吗？爸爸、哥哥都去世了，家庭陷于这种凄凉的情况中，谁知道修这家伙还是那样坏，

竟然把我这个亲哥哥关到这种地方来。爱迪斯也狠着心肠，硬说不认得我。这样的现实与我想象的确实相差太远了，我简直气得要发狂了。然而，总不至于判死刑吧，早晚总会释放出去的。到那时我再慢慢想办法，报仇雪恨吧……”

在牢房的日子里，白天常有村子里的人来监狱参观。

“那就是想侵占亨顿家产，冒充麦尔斯·亨顿的人哟！”

这样指手画脚地嘲笑，亨顿不知忍受了多少次，其中也有些熟人故意颠倒是非地乱骂：“不要脸的家伙。不错，相貌倒蛮像的呢。”

「专家解疑」

指手画脚：形容说话时兼用手势示意。也形容轻率地指点、批评。

面对别人的笑骂，亨顿始终一声不响地忍耐着。

到了第四天，有一个参观的人来了，他和其他参观的人大不相同。当亨顿看见监狱的看守把他带到这里来的时候，忽然变得紧张起来。

“哎呀，那不是卜雷克吗？他服侍我父亲一辈子，是一个好心肠的老人，从小就很疼我。然而，恐怕他也怕修的厉害，即使还记得我，也会跟其他人一样假装不认识我。连爱迪斯都这样，何况……”

亨顿正想着，发现卜雷克与看守一起来到了门口。

看守对卜雷克说：“那个坏人就在这里面，你自己去找吧。”

卜雷克对牢房内的囚犯一个个挨着看，末了对看守说：“看守长，这些犯人们都是一些粗俗的人，那个冒充亨顿少爷的大坏蛋，我怎么找不到呢。到底是哪一个？”

“哈哈哈，找不到吗？那么，我指给你看好了。你瞧，就是坐在那里的一个身材高大的家伙。他的身旁还有一个脸色苍白的小家伙，拖着一条铁链。看到了没？”

卜雷克走到亨顿坐着的铁栏前面，仔细地瞧着他的脸，说：“这就是麦尔斯·亨顿吗？哈哈哈，别开玩笑啦。亨顿少爷的相貌，比他漂亮得多啦。他哪一点像亨顿少爷呢？”

「好词好句」

粗俗

冒充

*恐怕他也怕修的厉害，即使还记得我，也会跟其他人一样假装不认识我。

*你瞧，就是坐在那里的一个身材高大的家伙。他的身旁还有一个脸色苍白的小家伙，拖着一条铁链。

“嗯，嗯，你的眼光还不错。好不容易来一趟，那你就慢慢地参观吧。这些都是要判绞刑的罪犯。”

「专家解疑」

胆大妄为：毫无顾忌地胡作非为。

罪大恶极：罪恶严重到极点。

“绞刑？这些人如此胆大妄为，怎么不用火刑呢？”

“确实，都是罪大恶极的家伙！”

看守说着就到别处去了，卜雷克等他走远了的时候，就用很小的声音从铁栏外边叫道：

“亨顿少爷……少爷……”

“什么？”

“嘘，少爷，声音放轻些！请您再靠这边一点。”

「名师点拨」

人们总说，在绝对的逆境之中，也总会有黎明的曙光。麦尔斯被居心叵测的弟弟修诬告关进了监狱，但是这个时候老仆人卜雷克的到来无疑为他已经丧失的信心添上了一些动力。

亨顿走近铁栏边缘，这时卜雷克流着眼泪说：“少爷，您现在的灾难，我真没有办法帮忙，但是，能看到您平安地回来，也就谢天谢地了。我还以为七年前您真的死在了外国的战场上呢！一开始我悲伤极了，后来我听到人家谈起您这次的事件，十分担心，所以特地赶来看您，才知道真的是少爷。现在我终于明白了，过去报告您死的信，还说有人冒充亨顿少爷跑到亨顿家里来吵闹的这些话，原来都是故意伤害您的。”

“卜雷克，现在只有你一个人还认识我！”

“是，是的，少爷的相貌，我怎么会不认识呢？！我一眼就认出来了。刚才我之所以故意装作不认得，主要是因为怕妨碍以后的事情。亨顿少爷，您不要以为我年纪这样老就没有用了，我还是能够替您效劳的。就是受到连累，我也在所不辞。等您刑满出狱之后，只要您吩咐一声，不管在什么时候，在什么地方，我都会拼了这条老命，当着众人的面证明您的身份，不顾一切地说，他的确是我家少爷！”

“不，现在你不能这样做。事情到了这步田地，你单枪匹马出来奔波，只能是毁了你自己，对我毫无用处。然而，卜雷克，谢谢你的好意。我本来以为没有人敢认我了，现在听到你这几句话，给我很大的安慰。你知道，连我的未婚妻爱迪斯都……”

当亨顿简单地讲了这些话以后，卜雷克就摇头安慰道：

“不对！少爷，爱迪斯小姐也是为了您才故意说与您不认识的呀！她希望您尽快逃走！当时的爱迪斯如果说了真话，说您就是亨顿少爷，那么修少爷不但要杀死爱迪斯小姐，而且也要杀死您，一个活口也不会留。因此爱迪斯小姐忍着万分的痛苦说您是冒充的，这才保住了您的性命，只让您坐坐牢就算了。不然的话，后果很严重，请您仔细体会一下爱迪斯小姐的良苦用心吧！从收到少爷战死国外的消息之后，爱迪斯一直认为您不在人世了。现在，她才知道这是修少爷耍的诡计，以后她就不会相信修少爷的话了。老爷在临终的时候对爱迪斯小姐说：‘麦尔斯已经死了，你看在我的分上，为了亨顿家的前途，你就嫁给修吧！’可怜的爱迪斯小姐，尽管不愿意，但为了亨顿家的缘故，还是勉强答应和修少爷结了婚。所以爱迪斯小姐……”

「名师点拨」 老仆人卜雷克的一番话解开了亨顿武士内心的一个大疙瘩，这也让我们悬着的一颗心能够放松下来。

「专家解疑」 诡计：狡诈的计策。

“啊，卜雷克，我现在才知道爱迪斯的心。她真是一个可怜的女人。”

“哎呀，看守来了！待得太久了会引起他的疑心，那就不妙了，我改天再来。”

从那天起，卜雷克对亨顿和爱德华的帮助很大。卜雷克每天要来一两次，他每次来，就暗中把吃的东西偷偷地交给亨顿。亨顿再分给爱德华吃。倘若不是卜雷克帮忙，爱德华实在吃不下那粗劣的囚饭，或许就会饿死在肯特郡监狱里也有可能。

有一天，卜雷克向亨顿讲了一段话，让爱德华大吃一惊。

“据谣传说，这次登基的国王是个疯子呢！我不知道是真是假。不过少爷，我刚才讲的话，要请您保守秘密哟。随便乱说，会被处死刑的！”

爱德华在旁边，瞪着卜雷克大怒道：“别胡说八道！国王绝对不是疯子。”

卜雷克吓得不得了，缩起脖子，环顾四周，确定没有人听见，

「好词好句」

大吃一惊

环顾四周

* 倘若不是卜雷克帮忙，爱德华实在吃不下那粗劣的囚饭，或许就会饿死在肯特郡监狱里也有可能。
* 卜雷克吓得不得了，缩起脖子，环顾四周，确定没有人听见，才放下心来。

才放下心来。他心里暗想：“这个小孩子真是一个国王狂。”这才苦笑了一下，继续又向亨顿讲道：“据说先王陛下的葬礼，就在本月16日举行。新国王的加冕典礼，决定在本月20日举行。修少爷将前往伦敦去参加加冕典礼呢！据说，这次他大概可以被封为贵族，因为摄政大臣很喜欢他，也许可以获得一个男爵的封号回来。”

「专家解疑」
加冕：某些国家的君主即位时所举行的仪式，把皇冠或王冠戴在君主头上。
猖狂：狂妄而放肆。

爱德华听了便问：

“摄政大臣？谁是摄政大臣？”

“哈哈，摄政大臣吗？当然是哈弗特伯爵啦，他现已晋封为公爵，任摄政大臣。”

“哦，是哈弗特舅舅吗？什么时候晋封的？”

“上月31日。”

“是谁封他这个职位的？”

“那自然是国会呈请国王批准，正式任命的。”

“你说国王？这个国王是哪个国王？喂，你说是哪个国王？”

卜雷克心想：“这个少年就是疯了吧，也未免太猖狂了。”因此他有点儿气愤地答道：

“当然是爱德华六世陛下。如果有两个国王的话，那还得了？他是不是神经病我无从知晓，但我知道他的确是个可爱的国王。据说他的疯病一天比一天好起来，不久就可痊愈了。总而言之，他特别仁爱，十分贤明，不仅赦免了诺福克公爵的死刑，还准备将那些使老百姓受苦的最残酷的法律从头加以修改，全国人民都爱戴他。大家都在欢呼爱德华六世陛下万岁万万岁！哦，不知不觉地谈得太多了。少爷，孩子，再见了。我会再来看你们的！”

老人走了以后，爱德华马上跟从前大不相同了，一言不发，陷于极度沉思中。由于震惊过度，他已没有力气讲话了。虽然亨顿不断地给他安慰，但是他只愣愣地看着一个地方。

那么，莫非是那个小叫花子，继承王位了吗？除此之外，再

「名师点拨」
爱德华本来以为汤姆这个小乞丐，一没有文化和修养，二没有足够的胆量，很快会被众人发现并拆穿他的身份，自己也就可以很快回到王宫了。可是谁知道到了这一步，反而是汤姆要登基了，而自己却沦为了阶下囚，这个事实让人无法承受。

也想不出别的理由来。如果是这样的话，那么就说相貌很像吧，然而从他的一举一动和言语态度上来讲，不久，他一定会露出马脚来的。

“不管他，只要舅舅哈弗特做了摄政大臣，掌握着全部权力的话，那就绝对不容许有这种事情存在的。然而，事实如何呢？就像卜雷克讲的一样，事实上国政是处理得很好呢！”

爱德华越想越心烦，闷得快要发疯了，被关在这种地方，再也忍耐不下去了。现在特别想弄断铁栏冲出去，马上赶到伦敦王宫。然而无论怎么吵、怎么闹，暂时是毫无办法的……

那天夜晚，看守把预定押送到各地去的犯人，暂时安置在大牢里。爱德华跟他们一个一个地谈话，询问他们坐牢的详因。

问来问去，大概都是一些轻罪犯，有不少被人诬告，竟也受到残酷的处罚。一个穷妇人，只是偷了店铺的两尺布却被法官判以绞刑；有一个年轻的猎人，误射死了王家森林里的一头鹿，也被判绞刑；有一个商店的小徒弟，捉到了一只老鹰，这只老鹰是从主人家中逃出来的，小徒弟不知道它的来路，暂时拿回自己店中去，法官定他盗窃罪，竟判以死刑。

其中还有一个年老的律师，因为写了一篇论文，批评国家刑法太残酷了，呈递王家法院，遂被判处“大逆不道”之罪，割掉了他的两只耳朵，并判处无期徒刑，准备送往偏僻的北方监狱去执行。

爱德华听到大家都讲完了之后，大叫道：“现在没有一个人相信我，然而我一定要恢复你们的自由！我一定要改善英国的法律！我现在不幸被困在监狱，不过正因为这样，我才有机会学习，才有机会看到了社会上黑暗的一面……我已经学到做国王的真正学识，出去之后我定会把政治弄得清明公正。大家拭目以待吧！”

麦尔斯·亨顿和爱德华两个人，一天天地被痛苦的监狱生活折磨着，搞得疲惫不堪。终于，亨顿被判刑了。

「好词好句」

拭目以待

* 爱德华越想越心烦，闷得快要发疯了，被关在这种地方，再也忍耐不下去了。

* 我现在不幸被困在监狱，不过正因为这样，我才有机会学习，才有机会看到了社会上黑暗的一面……

「专家解疑」

拭目以待：擦亮眼睛等待着，形容殷切期望或密切关注事态的动向及结果。

判罪的理由是：麦尔斯·亨顿对亨顿庄园主人修，犯欺诈罪、骗夺财产罪；除已经坐牢三个星期外，还得戴上手铐、脚镣，在大庭广众之下游街两小时，以为警戒，然后驱逐出境。

"我才是真正的主人！"

无论亨顿如何坚决地争辩，法官都对此置若罔闻，甚至讥笑他是痴人说梦。

当卜雷克想挺身做证时，亨顿瞪着老仆人拼命摇头，不许他出来说话。

所以，亨顿接受了判决，被拖出去示众。

"来了，来了。那就是到亨顿家捣乱的流氓！"

看热闹的人们，都在那里乱喊乱叫，众人马上把他围起来，黑压压的一大群人，大家都挤得喘不过气来。爱德华从群众里面挤进去，钻到最前面去。两个人一起闯进亨顿庄园，本来被视作共犯，要受同样惩罚的。但是法官认为，"他既是个小孩子，又是个疯子"。因此严厉地训斥了他一顿，就免除了对他的处刑。

爱德华眼见自己唯一的忠臣亨顿，戴着脚镣、手铐，被群众恶言恶语、讥笑怒骂，甚至还被投掷沙石，而亨顿只是咬紧牙关忍受耻辱。

爱德华见此情形，气愤万分，便跑到主办的官员面前，大叫道："喂，这个人根本没有罪，他是我的忠实臣仆，赶快把他放了吧！"

亨顿立刻很惊慌地替他申辩道："不，这孩子有点儿精神病，请您不要见怪，把他赶开算了。"

"不能光赶开就算了，还得教训教训他，让他懂得礼貌才行！"

主管官员说完之后，就命令手下："拿皮鞭子抽他一顿，让这小鬼学乖点儿。"

"是，遵命！"

此刻看热闹的人群中，有人插嘴说："不要打得太轻，起码要打十鞭子才行！"

「专家解疑」

置若罔闻：放在一边儿不管，好像没听见一样，形容不重视，不关心。

申辩：（对受人指责的事）申述理由，加以辩解。

「好词好句」

恶言恶语

讥笑怒骂

* 爱德华眼见自己唯一的忠臣亨顿，戴着脚镣、手铐，被群众恶言恶语、讥笑怒骂，甚至还被投掷沙石，而亨顿只是咬紧牙关忍受耻辱。

* 不能光赶开就算了，还得教训教训他，让他懂得礼貌才行！

那个官员回头一看，插嘴的人正是修少爷，就慌忙答应道："当然可以。修少爷，我就抽他十鞭子吧！"

「名师点拨」通过这句话就可以看出官员欺软怕硬的嘴脸。作者借这样一个故事情节讽刺那些欺软怕硬的人。

于是衙役就一把抓住小国王的领子，并立即剥光他的衣服，举起鞭子正要打下去的一刹那，亨顿大叫道："请等一等，请你饶了这孩子吧！倘若打他十鞭子，他会被打得半死，变成残废的。请让我来替他挨这顿打好了。否则，加一倍，抽我二十下也可以。"

"哦，那也好，就照着你的意思办吧！"

爱德华翻眼瞪着官员，说：

"不行，不能打亨顿。要打，就打我好了。"

修又在一旁插嘴，说："喂，小家伙，不准出声！只要你多说一句话，这个人就要代你多挨一鞭子，你看怎么样？"

爱德华不敢再说话了，愤恨的眼泪不停地流着。亨顿的手铐、脚镣暂时被打开了，衣服被剥光了，站在行刑的柱子旁边。于是执行刑法的人扬起皮鞭，朝着赤裸着身子的亨顿抽打。爱德华不忍睁开眼睛看，一边流着泪，一边想："啊，亨顿，我永远不会忘记你的忠义！"

一鞭子一鞭子抽打下去，亨顿的背上都流血了。然而亨顿仍不失武士的本色，忍受着疼痛连哼都不哼一声。看热闹的群众，看着他这种坚韧不拔的武士精神，肃然起敬，广场上马上变得肃静起来。

「专家解疑」坚韧（rèn）不拔：形容信念坚定，意志顽强，不可动摇。荣誉：①光荣的名誉。②属性词。为表示尊敬、表彰等而授予的名义上的（称号）。

爱德华在肃静中等到鞭打结束，他走到亨顿身旁，在地上捡起皮鞭子，指着亨顿的胳膊宣布道："英国国王爱德华，现在授你伯爵职位。对你这样伟大高贵的人，原本应该由上帝授你荣誉冠，现在我以国王的身份，当着大家的面来表彰你的伟大。啊，麦尔斯·亨顿伯爵，让我来替你擦去背上的血迹吧！"

爱德华一边流泪，一边撕下自己的一块衣襟，为亨顿擦去了背上的血迹。亨顿苦笑着回到行刑台，又戴上了原来的手铐、脚

镣。此刻，再也没有人向亨顿投掷沙石了，不知道从什么时候起，修和群众全都走开了。不明白内情的群众，也被亨顿这种伟大的行为所感动了，不忍心再看下去，也慢慢地散去。

行刑完毕之后，官员严厉地宣布道："不许再到这个地方来！"

于是就把马匹、骡子和剑，还给了他们。

亨顿将剑挂在腰上然后上马，爱德华也上了骡子。他们离开肯特郡监狱时，亨顿偷偷地低声向卜雷克告别：

"卜雷克，我绝不会忘记你的这次恩德。我迟早会答谢你的，请你多多保重，等我回来吧！"

两个人出了监狱，一边仰望阔别已久的蓝天，一边信马由缰地向前走。

亨顿向爱德华问道："陛下，我们现在到哪里去呢？我的意思是想前往伦敦，为了陛下，为了我自己，都比较好些，您觉得如何？"

"自然是到伦敦去才对，越快越好！"

爱德华的这两句话，解决了一切。两个人没命地赶路，在半路上住宿了两夜。

第三天晚上十点光景，他们进入了伦敦市内。这时爱德华问道："亨顿，我从前交给你的那封信还在吗？"

"就是从前在我家里，您用三国文字写给哈弗特公爵的信吗？那封信还原封不动地在我的衣袋里藏着呢。"

"不要弄丢了。等到了王宫以后，你就亲自把它交给哈弗特公爵吧！只有这样做，才是最合适的。"

"知道了，我一定这样办！"亨顿嘴上虽然答应，不过心里在想，他的精神病又发作了。说着说着，两个人走近伦敦桥。

大批群众正从桥上经过，挤得水泄不通。举着无数火把的民众们都在高呼："爱德华六世陛下万岁万万岁啊！"今天是2月19日，民众在庆祝新国王明天的加冕典礼。从远方归来的

「名师点拨」虽然人们对发生在他们身上的事情并不清楚，但是亨顿武士这种舍身的精神打动了人们。

「专家解疑」信马由缰：骑着马不拉缰绳，任其自由行动，比喻漫无目的地闲逛或随意行动。

「名师点拨」偏见和固执，往往可以让人们失去看到真相的能力。麦尔斯即使非常愿意帮助王子，并且自己也愿意对王子毕恭毕敬，可是那个偏见和固执的观点却一直没有改变，经历了这么多事情，麦尔斯还是深信王子是个疯子。

爱德华和亨顿，连同他们骑的马和骡子，都被挤在狂热的旋涡中了。

在人群中两个人越离越远，最后居然失散了。

■名家品评

回顾一下前文所讲的内容，很明显就能看出王子与亨顿武士的命运是如此相似，都是被社会所抛弃的人，但是他们面对邪恶的压迫始终保持着善良的秉性。王子已经有了很大的蜕变，从一个傲慢、自私的王子变成了能够体谅别人的善良的孩子。相比较而言，修的内心却是非常残忍的，居然要对一个小孩子实施这么严酷的刑罚。

阅读思考

1. 为什么别人会嘲笑亨顿武士呢？
2. 王子和亨顿武士被判处了怎样的刑罚？
3. 王子为什么会受到鞭刑？

加冕典礼

汤姆成了新一任的国王，内心也由最初的不习惯到如今的慢慢接受。他曾经想过王子回来后的场景，但是自己却无从选择。汤姆到底是怎么想的呢？马上就是加冕典礼了，全国各地都沉浸在一片欢声笑语之中。而汤姆也非常享受此时此刻的感觉，但就在此时，发生了意外。那么，到底发生了什么意外呢？汤姆又是如何处理的呢？

真正的国王爱德华，穿着破烂衣服，像小叫花子一样挨着饿、受着冻，到处流浪，无论走到哪里，总是受到人们的讥笑和虐待。有一次差一点死在疯老人的刀下，也曾被关在监狱里过囚犯的生活。总而言之，他受尽了人间的苦难。而假国王乞丐汤姆的生活，却与他有着天壤之别。

明天就要举行加冕典礼了。典礼结束后，汤姆就将正式坐上英国国王的宝座。他到底怀着怎样的心情，来参加明日的加冕典礼呢？

以前，汤姆利用鞭童汉弗利学习各种宫廷知识，并做了聪明的审判，赦免过被诬告的人们，对于国王的生活也逐渐感兴趣了。之后这种兴趣越来越高，汤姆对于现况觉得十分幸福。一开始，他对于宫中的生活感到十分拘束，同时又担心又惭愧，总是有别

「专家解疑」

惭愧：因为自己有缺点、做错了事或未能尽到责任而感到不安。

别扭扭的感觉。然而，因为他很聪明，渐渐学到应付一切的能力，言语态度也越来越沉着，不管什么人看起来，都认为他具有国王的风度。连曾经怀疑过他的圣·约翰勋爵，现在也深信不疑了。

当然，汤姆的进步，鞭童汉弗利的功劳很大。原本枯燥无味的御前会议以及其他礼节，现在汤姆居然也逐渐习惯起来。摄政大臣哈弗特公爵，每逢会议结束时，总是毕恭毕敬地向他请示：

“陛下，您觉得刚才的决议如何？”

“嗯，我没有异议。”

「名师点拨」汤姆已经完全适应了自己的新角色，同时又通过期间很多曲折，使自己慢慢成熟了起来！

给予这样肯定的答复，而表现出王者的威严和宽大，令哈弗特不得不敬畏，汤姆心里也觉得十分得意。

有时，汤姆带着五十或百余位侍臣们，走过很长的走廊的时候，听到：

“陛下驾到！”

“陛下驾到！”

在这声音一个个依次传达的时候，总会让汤姆有一种异样的感觉。一开始听起来吓得骨软筋酥，现在听在耳朵里却觉得十分舒服，似乎是一种轻快的音乐。

「名师点拨」我们都说环境可以造就一个人的性格和内心。确实，在一些方面是这样的，比方说在宫中受到了很长时间影响的汤姆，他被宫中的那些礼节，周围的众臣对他绝对的尊敬所影响了，变得虚荣起来。

又如从前在用膳的时候，鼻子常常痒得要命，那种仓皇失措、慌里慌张的情形，现在已经没有了。也绝不再像从前那样把洗手的水当作开水来喝，或者是偷偷地把胡桃藏进口袋里拿走。现在，反而会大模大样地挑剔起来了：“今天的水果不好，不合口味。”使得侍从们处处存着戒心。

那么，由此看来，汤姆是不是把真正的王子——现在的真正国王爱德华，忘得干干净净了呢？

不，汤姆不是这种人，他绝对没有忘记，他曾经担心过他的行踪。不过，王子爱德华却老是不回来，致使汤姆怀疑他是不是已经死了呢，甚至还想道：

“如果是死了的话，那就没有办法……”

有时，又想到在这种情况下，那只有照这样做下去，这或许是天意吧。他心里暗自期许能够永久保持这种幸福。

“垃圾巷的爸爸、妈妈、姐姐们，现在的情况不知如何！”

这种思念之情，也慢慢地有些改变了。一开始不断牵挂的双亲，现在在印象中逐渐冷淡下来。有时甚至想道：如果在这种环境下，能和爸妈他们会晤，自然是很高兴的，然而如果因此而使自己又恢复为乞丐，那就很讨厌了。

总之，汤姆绝不是存心给自己造成这种优越地位的。然而，在已经享受这种幸福后，觉得有点恋恋不舍了。有时候，甚至怕失去这种幸福。

所以，到了 2 月 19 日晚上，正当亨顿和爱德华在伦敦桥被群众挤散了的时候，汤姆却躺在王宫里的龙床上，闭着眼睛在遐想着明天加冕典礼的盛况。他现在是个幸福的少年，恍如上了天堂一样！

2 月 20 日，这是新国王加冕典礼的日子，全国各地各家各户都悬挂国旗，表示庆祝新王继位。

那天早晨，由白金汉宫出发的，有几百支壮丽的船队行列，以汤姆搭乘的客轮为中心，沿着泰晤士河前进，驶进伦敦桥的岸边，在塔旁广场上休息片刻。到了正午时分，当礼炮轰隆轰隆响起之时，英国王宫的禁卫军随即排成举行加冕典礼的仪仗行列，沿着预定的道路向西敏寺出发。

“万岁！”

“万岁！”

从前一天晚上起，就有成千上万的民众在大街或马路旁，占据观望的位置，等待着瞻仰新王的风采。

在一阵阵的欢呼万岁声中，汤姆·康蒂穿着华贵的王服，骑着配有金銮玉鞍的骏马，在马路中间徐徐前进。看着国王雍容高贵的姿态和英明俊秀的容貌，谁能将他与垃圾巷里的小乞丐联系

「名师点拨」

在汤姆成长的过程当中，他遭受了很多诱惑和挣扎。而如今汤姆内心的这种纠结，正是他的善良和内心欲望的较量。

「好词好句」

雍容高贵

俊秀

* 到了正午时分，当礼炮轰隆轰隆响起之时，英国王宫的禁卫军随即排成举行加冕典礼的仪仗行列，沿着预定的道路向西敏寺出发。

* 在一阵阵的欢呼万岁声中，汤姆·康蒂穿着华贵的王服，骑着配有金銮玉鞍的骏马，在马路中间徐徐前进。

「专家解疑」

瞻仰：恭敬地看。

在一起呢？

他的“舅舅”摄政大臣哈弗特公爵，也骑着骏马紧随在他的后边。汤姆的左右各有一列禁卫骑兵，身穿金光闪亮的铠甲，头戴钢盔，随后是两侧护卫。在哈弗特公爵后面是几百名贵族，各自带着他们的部属。再后面就是伦敦市氏、市议员和各地方的代表们，有的骑马，有的步行，排成很长的行列，缓缓前进。

“万岁！”

“爱德华六世陛下万岁！”

一阵阵的欢呼声从汤姆所经过的地方响起，犹如春雷初鸣。

汤姆对于民众这种热诚地拥护，以及震天动地的欢呼声，心里感到十分激动，有时向右边、有时向左边用微笑来答礼。每逢答礼的时候，王冠上的羽饰一晃一晃地摇动着，显得格外威严、气派。群众看见他高贵的风采，更加高呼万岁。欢呼声在半空中回荡着，让人异常兴奋。

汤姆的心中充满了喜悦。他心想：“世界上再没有比当国王更值得骄傲和兴奋的事了！”汤姆的脸因为兴奋变得通红，眼睛也闪闪发亮，犹如喝醉酒一样，身心都充满了幸福感。

随后他心想：“我做了国王之后，一定要多为人民谋幸福，使垃圾巷的老朋友们都有适当的工作，得到合理的报酬，过上幸福的生活……”

沿路人家都**张灯结彩**，路中间竖立着庆祝牌楼，人山人海挤满了所有的道路和建筑物的窗口，到处都热闹非凡。这一天和其他的日子似乎完全不同，就连街道都变了样子。而汤姆一时也分辨不清，加冕行列究竟是在市内什么地方通过，后来才知道这一带就是伦敦桥附近。当汤姆心里正在暗想垃圾巷的老朋友会出现时，**果不其然**，看见在人群里面有一个脸色苍白的老妇人，眼睛一眨不眨地在瞪着自己。

“啊！那不是妈妈吗？”

「好词好句」

春雷初鸣

震天动地

*一阵阵的欢呼声从汤姆所经过的地方响起，犹如春雷初鸣。

*汤姆的脸因为兴奋变得通红，眼睛也闪闪发光，犹如喝醉酒一样，身心都充满了幸福感。

「专家解疑」

张灯结彩：张挂彩灯、彩带等，形容场面喜庆、热闹。

果不其然：果然（强调不出所料）。也说果不然。

汤姆一眼就认出那是自己的母亲，不禁全身发抖，惊慌失措地调过头去。这时，他下意识地用手遮起眼睛，将自己的脸挡住了。

当时，倘若汤姆没有用手遮起眼睛——这是他从小时候起，在吃惊的时候一定会出现的老毛病——也许还不会惹起什么意外的事情。

「专家解疑」横冲直撞：乱冲乱闯。

但是，当汤姆的母亲注意到这个动作的时候，就横冲直撞地从人群里面挤了出来，奋力地钻入禁卫兵的行列，在人们惊讶注视的瞬间，很快地跑到汤姆的马旁，紧紧地抱住汤姆的脚，喊道：“啊，是你吗？我的好孩子！你让我找得好苦啊！这，这究竟是怎么一回事呢？唉，我是多么挂念你。多么想你呀！”

「名师点拨」汤姆的母亲一直都对王子的身份感到怀疑，当她终于看到即将加冕的汤姆之时，情绪便无法抑制了。可是汤姆此时却被种种思绪所控制，做出了不认母亲的行为。

然而，汤姆母亲的呼喊很快被周围的喧闹淹没，谁也没听清楚她在说什么。因为当时卫兵纷纷赶过来，想把这个老妇人拖开。一时间，怒吼声、铠甲和皮靴的碰撞声、马蹄的践踏声等乱成一片。听得清楚的，只是卫兵们大声怒骂“疯婆子，赶紧把她拉开”的声音。

在这样的骚动中，汤姆故意硬着心肠，向那正被拖开的老妇人答道：“不要胡闹，我不认识你。”

话音刚落，卫兵就很粗鲁地把这乞丐婆子拖走，赶到路旁群众中去了。

骚动又平静下来，沿路群众欢呼的声音越来越高。慢慢地，大家已经可以望见西敏寺的尖塔顶了。

「名师点拨」看到自己的母亲因为自己的一句话而被赶走，汤姆内心肯定不好受。

然而，自从发生这个意外事件以后，汤姆的脸色突然变得苍白起来，心里就像万箭穿心一般难过。

“唉，我昧着良心，说出‘我不认识你’这句话，使得从小疼爱我的妈妈被赶走了。她所喊叫的‘我是多么挂念你，多么想念你呀’那种悲痛的声音，是多么叫人心碎……当我最初离开妈妈的时候，我自己也跟妈妈现在一样，挂念她、想念她，就是睡在王宫里的床上也不能合眼，整夜都是在做怀念母亲的梦。现在如何呢？竟然如此狠心地说‘我不认识你’，这话我也说得出来。唉，这是虚荣心在**作祟**啊！我是从什么时候变得这样没有良心了呢？为什么会拒绝亲生母亲的爱，为什么会叫士兵把妈妈赶走，而舍不得放弃王位呢？这虚假的王位与真实的母爱，究竟哪个更珍贵呢？唉，当时为什么不叫一声‘妈妈’呢？无论会引起什么骚动，都不应当使妈妈伤心的……”

汤姆这样想着感到**愧疚**万分，他感觉自己应像最初在王宫里一样，坚持自己是小乞丐的说法。尽管现在可以说是被情势所迫，万不得已才出此下策，不过，也是由于自己的一点虚荣心才落得这个结果——他这样受着良心上的责备，十分后悔。汤姆脸上，本来充满了国王**浮夸**的神色，现在忽然消失了，宛如被拖往刑场的囚犯，面无人色。

「专家解疑」

作祟：迷信的人指鬼神跟人为难，比喻坏人或坏的思想意识捣乱，妨碍事情顺利进行。

愧(kuì)疚(jiù)：惭愧不安。

浮夸：虚夸，不切实。

“唉，真想还我自由之身，恢复原来的乞丐汤姆……”

加冕行列，这时仍在继续向西敏寺前进着，市民的欢呼声越来越高，汤姆则被羞愧折磨着，他的头越来越向下低垂了。

由于汤姆的无精打采，群众欢呼声也渐渐失掉了力气，在群众之间也弥漫着“陛下是怎么搞的”“陛下身体不舒服吗”等担忧的气氛。

哈弗特公爵注意到了这种情形，猜想一定是那个疯婆子的缘故。于是他就驰马赶到汤姆身旁，低声说：“陛下，请您放宽心些。看到国王气色非常差，一副无精打采的样子，众人都担心极了。还是请您恢复高高兴兴的样子，抬起头来，向欢迎的群众微笑答礼吧！”

汤姆被他这么一劝，才勉强抬起头来，又开始向两旁的市民微笑答礼，不过却显得不大自然。这是勉强装出的笑容，是没有意义的微笑，然而，人民并未看出来，又开始欢呼，欢声雷动，特别热烈。

「名师点拨」

很明显，年幼的汤姆很难从那件事里缓过劲儿来，面对自己母亲的呼唤却不能回答，这种感觉是非常难过和压抑的。

当快要抵达加冕典礼的西敏寺门口的时候，哈弗特公爵很担心似的又跑到汤姆身旁来，忠告道：“陛下，请恕臣无礼，再请陛下注意，请您恢复兴高采烈的样子。刚刚那个疯女人，有污我王圣明，臣等非常不安。不过，她是个疯婆子，请陛下不要介意，不管怎样请您振作起来，精神饱满地驾临教堂大礼堂才好。”

哈弗特公爵又很生气地说：“唉，那个疯婆子冒犯了陛下，真是可恶！”

汤姆带有羽饰的王冠似乎要掉下来一样，突然乱摇乱摆起来，他用特别苦闷的口气说道：“那个女人不是疯婆子，她是我的妈妈！”

「专家解疑」

平心静气：心情平和，态度冷静。

“哎呀！陛下，请您平心静气些。马上就到大礼堂了，您千万要镇静，不能出点什么乱子……”

哈弗特公爵在竭力劝告后，就调转马头退回到自己的位置上，提心吊胆地喃喃自语道：

“真糟糕！看样子，陛下的神经病好像又发作了。也许是由于人们高呼万岁的声音太吵了，再加上那个疯女人捣乱，又把陛下弄迷糊了。啊，老天爷，在举行加冕典礼的时候，千万不要出事情才好。等仪式完毕后，就请陛下返宫暂时静养一下……”

■名家品评

汤姆适应了国王这个角色之后，慢慢得到了大臣们的认可。但是自己如今所拥有的一切都不是自己本该有的，如果王子回来之后自己该如何抉择呢？作者也在此埋下伏笔。当汤姆见到自己的母亲时，现实的诱惑明显胜过了内心的真实，但是善良的汤姆内心还是承受了自己对自己的谴责。

阅读思考

1. 汤姆有没有习惯皇宫里的生活呢？
2. 汤姆内心到底在纠结什么呢？
3. 汤姆最后有没有承认他与那个“疯婆子”的关系？

国王回宫

汤姆担心的事情终于出现了。就在加冕的最后一步，真正的王子出现了。王子挑明了自己的身份，那么有人会相信王子的话吗？他能顺利登上王位吗？所有的事情都顺理成章地进行着，亨顿武士也找到了如今成为国王的王子，并且得到了许多的奖赏。一切归于平静，国王开始考虑之前自己想过的一些事情，国王到底在考虑什么呢？他之前又想了些什么呢？

作为加冕典礼的礼堂——西敏寺的大厅，不管是楼上或楼下，到处都挤满了高官大臣和贵族们，他们都在恭候圣驾的到来。在一片庄严肃静的气氛中，有时只听见来迟了的贵妇拖曳着长裙走向指定的席位时所发出来的窸**窸窣**窣的响声，此外连一点低语声都没有。

「专家解疑」

窸(xī)窣(sū)：形容细小的摩擦声音。

目不暇接：形容东西太多，眼睛看不过来。

大厅里和大厅外，装饰得辉煌灿烂，令人**目不暇接**。正中心是圣坛，两旁都用花卉、国旗和各种垫子、毡子等装饰起来。贵妇们衣着华丽，身上的珍珠、宝石熠熠生辉。参加典礼的贵族和贵妇们，各自都在身旁放着贵族戴用的冠冕，这是准备在新国王头上戴上王冠的一刹那，大家也一齐戴上的冠冕。大家在事前都练习了很多遍，以免到时候把冠冕戴歪了。

没多久，在康特伯利大主教的带领下，大批主教进了大厅，在礼坛专备的席位上坐了下来。

见此情景，就知道陛下快到了，大家更加肃静起来。在礼炮轰隆之下，大厅里开始奏圣乐，乐声越来越响。此刻，大家期待已久的高贵国王终于出现在门口了，在大家起立敬礼的时候，汤姆徐徐走到圣坛上。

国王即位，普天同庆。

竭尽忠诚，奉迎我主。

励精图治，政治贤明。

我主圣谕，万民景从。

「专家解疑」

普天同庆：天下的人一同庆祝。

励精图治：振作精神，想办法把国家治理好。

在反复赞颂的歌声中，各种传统仪式一项接着一项地举行着。在仪式进行中，汤姆的脸色越来越难看，这是因为深沉的悲哀和后悔使他伤心所致。

“啊，未必完全绝望吧？未必没法挽救吧？趁这个机会，我应当在康特伯利大主教面前跪下来，请求宽恕。唉，如果我要忏悔的话，那么，礼堂上将会引起怎样的混乱呢？啊，上帝，请您救救汤姆吧。我应当怎么办才好呢？”

「名师点拨」

对于此时此刻的汤姆来说，自己即将戴上的皇冠不仅仅是一种荣耀，还是一种讽刺。可以想象汤姆现在的心情，来自良心的谴责一直不停地质问着他。

进退两难的汤姆无法平静下来，正当他心烦意乱时，加冕典礼已经快进行到最后一个项目了。

康特伯利大主教徐徐走来，把金光闪烁的英国王冠拿起来准备戴在脸色苍白、身体颤抖的汤姆头上。同时，大厅内突然闪耀出像霓虹一般的光辉，这是当大主教将王冠举在汤姆头上的时候，贵族和贵妇们都一齐拿起自己的冠冕，各自高高举起放在自己头上的缘故。啊，就在这兴奋得令人窒息的瞬间——据汤姆看来，觉得在这一刹那，落在自己头上的，并不是光辉的王冠，而是猛烈的一击。

“等一等！不准把王冠戴在假冒者的头上！我才是真正的国王！”

一个威风凛凛的声音，忽然从大厅的一边传来，正在进行的仪式被阻止了。

大家被这惊人的一声喊叫，吓得大吃一惊，都调过头来朝着这边看，才看见不知道什么时候溜进来一个小叫花子，正从当中的走道上朝着礼坛大步赶来。这样一个衣衫褴褛的小孩子，竟然在这神圣的地方，在这神圣的时候出现，真不知他是从天上降下来的，还是从地底钻出来的。由于大家在专心地注意礼坛上的仪式，没有人注意到这个少年是什么时候闯进来的。

卫兵马上冲过来，要将乞丐少年拿下。不料，汤姆从正要戴在自己头上的王冠下面，大声斥责道：“喂，不许对这位贵人失礼。这位才是真正的国王陛下呢！”

大家由于惊恐，都目瞪口呆了。哈弗特自然也跟大家一样惊愕，但他真不愧是位大公爵，并未显出狼狈的神情，却用坚定的口气吩咐道：

“因为陛下旧病复发，所以才这样说。赶快把这个暴徒抓起来！”

汤姆一听，马上驳斥道：

“不准，不准到他身旁去。我再清清楚楚地说一遍，他才是

「好词好句」

威风凛凛

狼狈

*啊，就在这兴奋得令人窒息的瞬间——据汤姆看来，觉得在这一刹那，落在自己头上的，并不是光辉的王冠，而是猛烈的一击。

*这样一个衣衫褴褛的小孩子，竟然在这神圣的地方，在这神圣的时候出现，真不知他是从天上降下来的，还是从地底钻出来的。

「专家解疑」

窒息：因外界氧气不足或呼吸系统发生障碍而呼吸困难甚至停止呼吸。

爱德华六世陛下。”

「名师点拨」对于一个国家来说，王位的传承是非常重要的，而在这时候出现问题，人们心中突然感到束手无措。

哦，在王冠正要离开大主教的手的一刹那，怎么会发生这样大的变故？大家哑口无言，无法判断是非。

此刻，爱德华已经从容镇定地向礼坛走去。与他相貌非常相像的汤姆，带着充满喜悦的神情从礼坛上跳下来，毕恭毕敬地跪奏道：“国王陛下，欢迎您回来！汤姆无时无刻不在希望您回来！陛下！臣不胜惶恐之至，请您准许我的请求，敬请陛下戴上王冠吧。”

此刻，哈弗特公爵和全体大臣们，心里也有些动摇，瞪着两个少年的脸，各自思虑着：“啊，瞧！怎么两个人长得一模一样，简直分辨不出谁是谁来，到底谁才是真正的国王呢？”

「专家解疑」一模一样：形容完全相同，没有什么两样。

对答如流：回答问话像流水一样流畅，形容反应快，口才好。

哈弗特公爵深深地注视了他俩一会儿后，才以很慎重的态度向爱德华问道：

“恕我冒昧，我有一点问题，想请教您一下。您可以回答我吗？”

“嗯，无论什么，我都可以答复。”

「名师点拨」作者借哈弗特公爵对爱德华态度的转变讽刺那些随风倒的大臣。这种人常常是缺乏判断和智慧的。

“您是如何进到这个地方来的呢？您怎么没被门口护卫的士兵拦住呢？我想请您先回答这个问题。”

“我从昨天晚上，就偷偷溜进教堂里面来了。今天从早晨起，我就在等候机会，由于警戒森严，好不容易等到现在，才能够溜进来。”

哈弗特公爵又问了很多关于先王陛下、王宫内苑日常生活的情况等问题，哪知道这个少年对答如流，毫不迟疑。公爵听了，特别吃惊，心里想：“不错，答得都很正确，这真是怪事。不过仅是这一点，还不能认为证据确凿，因为‘这位疯了的国王’也知道这些事情。也就是说，只要有熟悉宫廷里各项事情的人告诉他，回答这些问题易如反掌。如此看来，有些地方又好像是真的，有些地方又好像是假的，这真是令人难以判断哩！嗯，有没有什么巧妙的质问方法——只要提出一个问题，马上可以使他现出原形来……”

现在，这两个少年和所有的臣仆们的眼睛都凝视着哈弗特公爵的脸，期待公爵做最后的判断。这关系着全英国的王位继承问题，如果公爵判断错误，那就会出现失去真王，危及国家，造成极大的不幸事件。在大家紧张而沉默地注视下，哈弗特公爵“嗯”的一声朝着两位少年，说道：“我很抱歉，敬请在病中的陛下和这位突然出现的少年，你们两位都答复我一个问题。之前先王在世的时候，曾把御玺给王子保管，后来不见了。现在知道御玺放在什么地方的，只有当时的真正王子殿下。现在，你们两位谁能说出存放御玺的准确地方，谁就是真正的王子。

“我也曾向这位尚在患病中的陛下请示过两次，请他仔细回想一下，看看是否想得起来到底是放在什么地方，陛下每次都说‘我不知道这种东西’。我感觉是陛下有病，所以记不起来了。现在，臣不胜惶恐之至，请陛下再好好地想一想看，想清楚了再指出地方来。还有这位少年，请您也答复这个问题。”

像小叫花子样的少年，不等公爵把话讲完就抢着答道：

“哦，这个问题，很简单。”

他眼睛一转，就向站在公爵后边的一位大臣，轻松地说道：

“圣·约翰，你最熟悉王宫的情形了，现在你到我卧房里去

「专家解疑」

易如反掌：像翻一下手掌那样容易，形容事情极容易办。

「好词好句」

惶恐之至

*这两个少年和所有的臣仆们的眼睛都凝视着哈弗特公爵的脸，期待公爵做最后的判断。

*臣不胜惶恐之至，请陛下再好好地想一想看，想清楚了再指出地方来。

一趟。在房里左边的墙上，可以找到一个一般人不大注意的小钉子。你就使劲把它一按，那个装珠宝的小壁橱就会自动打开。那是一个秘密的壁橱，只有我和当初制造它的工匠知道。把壁橱一打开，就可看见御玺放在里面。你马上去把它拿来吧。”

大家听到这几句话后都非常诧异，又看见这位乞丐少年，不仅指名叫圣·约翰勋爵去拿，而且还把壁橱的秘密装置告诉他，因此大家都十分惊奇。所以，圣·约翰勋爵就应了一声：“是。”像服从王命一样马上站了起来，但是又不敢判断会不会真有这种事

情。所以，当时他在那里犹豫不决，拿不定主意。这时，汤姆就大声斥责道：

“怎么还不快去？莫非你还要反抗王命不成？”

“是。”圣·约翰勋爵又这样应了一声，恭恭敬敬地敬了一个礼——因为他不知道究竟哪位是真国王，所以他这个敬礼是朝着两个少年的正中间敬的——于是立即退下，赶往王宫去了。

「名师点拨」虽然王子说出了御玺的位置，但是出于对皇族的维护，圣·约翰勋爵还是选择了汤姆。

当时，大厅里的大臣和贵族们，十有八九都相信乞丐少年是真正的国王陛下，从上述的这种情形看来，就可明白了。靠近礼坛的大臣们，也都慢慢地一步一步离开汤姆，开始移到爱德华的周围去了。此刻汤姆·康蒂就好像被遗弃在大厅里的一个木头人。

「专家解疑」遗弃：①抛弃。②对自己应该赡养或抚养的亲属抛开不管。气急败坏：上气不接下气，狼狈不堪，形容十分慌张或恼怒。

见此情形，汤姆倒是很自然，因为感觉本该如此。

没多久，圣·约翰飞快地赶了回来。大家都在屏息注视着勋爵的动静。

谁知道大大地出乎意料，勋爵手里并没拿着御玺，他走到汤姆面前，很恭敬地跪奏道：“陛下，秘密的壁橱确实是有，但找不到御玺。”

那些大臣和贵族们，马上又从爱德华身旁，返回到汤姆的身边。

哈弗特公爵听到这个报告之后，气急败坏地大声喝道：“把这个小乞丐押到牢里去，这一定是叛贼在幕后操纵的。承做秘密壁橱的工匠，也很可疑。以后经过审讯再说，先把小叫花子逮捕起来！”

卫兵们马上跑过来，正要把爱德华抓起来时，汤姆又喝止他们说：“住手！谁都不准碰他一下！他确实是国王陛下！”

摄政王哈弗特公爵显出很为难的样子。

汤姆这时突然眼睛一亮，问道：“嗯，你不是问过我几次御玺的事情吗？到现在我才知道‘它’就是御玺了。要是你早点和我说了，也许两三个礼拜前就找到了。”

“哦，那么，陛下知道放在什么地方？”

“我知道。不过，最先把它放在那里的，不是我。”

“您说什么？那么，是谁呢？”

汤姆考虑了片刻，如释重负地说道：“是站在那儿的国王陛下放的。啊，那件东西就是御玺啊！”

汤姆再次跪在爱德华面前，奏道：“陛下，请您好好地想想看，我尽管知道御玺放在什么地方，不过，我想还是请陛下亲口说出来比较好。因为这样一来，大家再也不会怀疑陛下了。陛下再想想那天的事情，虽然我记得一清二楚，但是不能说，还是您再仔细回忆一下吧。哦，陛下，您该想得起那天的情形吧？您十分仁慈地把我这个小乞丐叫进王宫里来，又把侍从们都赶开，再给我很多好东西吃……”

“嗯，当时也就咱们两人在场，那天咱们在那换了衣服……”

“对的，对的。”

“嗯，大概的情形，我还记得。但是，那天我究竟对御玺是怎样了？”

“就是这点，想不起来了。因为，印象中，它一直是在秘密壁橱里面的。”

汤姆说：“您别着急，请您慢慢回忆一下吧……那么，我再

「名师点拨」 真相即将大白，一切都会水落石出，可是在这个重要的时候出了岔子，虽然王子准确地说出了平常放御玺的地方，可是却没能找到御玺，这也让哈弗特公爵感觉王子是来扰乱秩序的，可是汤姆保护了王子，这才有了接下来的真相。

「专家解疑」 如释重负：像放下重担子一样，形容解除精神压力后心情轻松愉快。

提醒您一下，我们调换了衣服之后，就并排站在大穿衣镜前面互相观看，因为我们两个人的相貌生得一模一样，我俩都很惊奇。后来陛下看到我手腕上的伤痕，问是怎么弄的？我说是宫门口的卫兵把我摔倒在地上的时候所受的伤。

“陛下听了，当时非常生气，就要我在那里等着，您去惩罚那个卫兵，当您将要到外面去的时候，看到放在桌子上的一件东西，您还自言自语地说：‘哦，这是很重要的东西，必须好好收起来。’说完这话，您拿起它走进隔壁房里收起来，就去了宫门口。当时陛下很生气，是不是没有来得及把它藏在秘密壁橱里面去，而顺手把它放在某一个地方了呢？”

这时，爱德华很兴奋地大叫道：

“哦，想起来了。谢谢你，汤姆。多亏你的提醒，我终于记起来了。喂，圣·约翰，御玺是放在墙上挂着的那副铠甲的胸甲里面。马上去把它取来吧！”

“快去，快去。”汤姆也接着叫道。

圣·约翰勋爵又匆忙跑了出去。在大厅里面挤得满满的文武百官们，突然听见门口喊起：“国王陛下万岁！”

这欢呼声马上遍及场内，欢声雷动，刚才从宫中赶回来的圣·约翰勋爵，手里捧着英国国宝，闪耀着金色的光辉。

“陛下……”

圣·约翰勋爵用感动得发抖的声音这样叫了一声，就跪在身穿破烂的乞丐少年面前，将御玺捧献上去。

爱德华这时候微笑着接过御玺，然后又递给了哈弗特公爵。

正焦急等待着的汤姆，提高了战栗的声音，说道：“国王陛

「名师点拨」
汤姆帮助爱德华回忆起一些对爱德华有利的东西，只有拿出有利的证据才能说服那些大臣，这样也就能够证明爱德华的真实身份了。

「专家解疑」
伤痕：伤疤，也指物体受损害后留下的痕迹。

铠（kǎi）甲：古代军人打仗时穿的护身服装，多用金属片缀成。

欢声雷动：欢呼声像打雷那么响，形容场面热烈。

下，请您赶快换上国王的服装，准备接受加冕吧。以后有时间再敬请陛下，判决我应得的罪。”

哈弗特公爵在一旁呵斥道：“喂，你这个骗子，怎么可以跟陛下随便谈话！我要立刻把你关进伦敦塔里去，然后再来追究在你背后操纵你的那些坏蛋们！”

爱德华瞪着公爵说：“小心点，我不准你这样做。汤姆是个单纯可爱的少年。倘若不是他的正直无私，英国王位恐怕也不会回到我的手里来。你应当因愚昧无知而感到羞愧才是。”

“是……”哈弗特公爵脸上变得通红，向后退了一步。

爱德华接着用很和蔼的口气，问道：“汤姆，我想问你一下，你怎么会知道御玺放在那里呢？你是不是从墙壁上，把盔甲取下来看过的呢？”

“是，是的。我还用过它好几次呢。”

“什么，你用过它了？那么，你为何不把它存放的地方告诉哈弗特呢？”

“因为，他们当时并未说明御玺是什么样子，所以我一直都不知道它就是御玺。”

“哦，奇怪。你说你用过它好几次了。那么，你是怎么用它的呢？”

汤姆的脸色变得通红，低着头不作声。

“说吧，你用它干什么？只管说好了。”

汤姆终于答道：“是，但是，说出来很难为情。我用它敲过核桃。”

他这样一答，引起哄堂大笑。有些人本来还在疑心汤姆可能

「好词好句」

呵斥

哄堂大笑

* 我要立刻把你关进伦敦塔里去，然后再来追究在你背后操纵你的那些坏蛋们！

* 汤姆的脸色变得通红，低着头不作声。

「名师点拨」

哈弗特公爵这番话语并没有起到什么作用，因为如今的王子已不是之前的王子了。反而这句话已经彻底表露出皇族对权力的极力维护。

「专家解疑」

和蔼：态度温和，容易接近。

是真国王，如此一来，就完全知道真情了。

哈弗特公爵如梦初醒一般，向大家宣布道："典礼继续进行！"

爱德华马上穿上汤姆脱下的加冕典礼所穿的王服。康特伯利大主教，亲自将英国王冠戴在爱德华头上。

"万岁！"欢呼声似乎要撼动西敏寺，一声礼炮响过，全伦敦的市民都得知了这一喜讯。

「专家解疑」
撼（hàn）动：摇动；震动。
人山人海：形容聚集的人极多。

当隆隆炮声响遍了大伦敦市区，一直传到泰晤士河对岸，有一个武士模样的男子，喃喃自语道："哦，这是庆祝新国王登基的礼炮声！"

随后，他从河岸边的枯草堆里忽然跳起来，脱下帽子，毕恭毕敬地朝着西敏寺那个方向立正敬礼。这个男子就是麦尔斯·亨顿。

亨顿敬完礼以后，又躺在枯草堆里，一边眺望晚霞一边想："嗯，天快黑了，也没有钱住客栈，今晚就在这里暂住一宿，有事明天再说。我确实是太疲乏了……"

自从昨晚亨顿在伦敦桥和爱德华被群众挤散了之后，就四处找他，然而在这人山人海的情况下，无论怎么找也找不到。一直到了天亮，但始终不见爱德华。今天又是加冕典礼的大游行，街上的人比昨晚还要多，亨顿挤在人群里担心着：

"从那孩子的疯病来看，他不会放弃今天的加冕典礼后的大游行。他那股傲慢劲儿，千万别遭到警察或卫兵的斥责，最好也不要被别人殴打……"

「名师点拨」
自从亨顿和爱德华走散之后，他就开始四处寻找爱德华，而且时刻都在担心着爱德华，亨顿的善良品行值得我们称赞和学习。

他找遍各地，不但没有看见爱德华的踪影，也没有听见有人谈论这个疯孩子的事情。

“那么，不会又被贫民窟的那些坏蛋们捉去了吧？”

亨顿这样一想，就离开国王通过的大街道，到伦敦郊外的大街小巷去找，找了半天，也没有找到什么形迹或线索，终于不知不觉地走到泰晤士河岸来。又累又失望的亨顿，就躺在枯草堆上睡着了。亨顿决定在这里暂住一夜，此刻他已疲倦不堪，因为从昨天到今晨，整天整夜没有睡，也

没有休息，一直在到处奔走，寻找那“发疯”的小孩子。

现在他太疲乏了，一切等明天再说吧！

他躺在草堆上，没多久就鼾声大作，次日早晨醒来的时候，已经是日上三竿了。

“糟糕，怎么睡到现在？”

亨顿一边咕哝着爬了起来，在河中洗过脸后顺便喝了些水。因为没有钱买东西吃，只好忍着饥饿，朝王宫那里走去。寻找小孩的事情，决定暂时搁下，按照预定计划，先去拜访父亲的朋友汉弗利勋爵，请他帮忙去告御状。

饥肠辘辘的亨顿，终于在中午时分走到了王宫附近。他寻思，自己穿着这身又旧又脏的衣服，卫兵一定不会让他进去，最好是等比较和气的宫廷官员出来的时候，请求他想办法帮忙，允许自己进去拜会汉弗利勋爵。

所以，他就坐在路旁的一块石头上，凝视着王宫大门，等候着人出来。没多久，他看见有一个少年，很匆忙地走了出来。这少年就是前面所讲过的，那个替国王挨打的鞭童汉弗利。这时，汉弗利好像是在找人的样子，东张西望地走了过来，亨顿的奇装异服吸引了他的视线。他紧盯着亨顿，心想：“哦，陛下命令我找的人，就是这个家伙吧？他的样子竟然和陛下所说的一般无二，腰佩长剑，留着一撮小胡髭。但是，他的服装也实在太奇怪了！这种怪模怪样的人，怎么会和陛下在一起呢？好吧，我就先跟他谈谈再说吧。”

等到汉弗利走过来的时候，等候已久的亨顿就先开口问道：“喂，这位先生，你是从宫里出来的吗？你在宫里任职吗？”

「好词好句」

鼾声大作

饥肠辘辘

* 他躺在草堆上，没多久就鼾声大作，次日早晨醒来的时候，已经是日上三竿了。

* 寻找小孩的事情，决定暂时搁下，按照预定计划，先去拜访父亲的朋友汉弗利勋爵，请他帮忙去告御状。

「专家解疑」

日上三竿：太阳升起来离地已有三根竹竿那么高，多用来形容人起床晚。

「名师点拨」

麦尔斯·亨顿想告御状，正好遇到受命出宫寻找他的人，此处如此安排，再次说明了麦尔斯和爱德华都是重情重义之人。

“是的。”

“那么，你认识汉弗利勋爵这个人吗？”

鞭童汉弗利听了非常吃惊，想不到这个像老古董的武士模样的汉子，竟然问起亡父的名字来！

“是的，我认识。”

“你认识，那很好。他现在在宫里面吗？”

“哦！”汉弗利只这样答应了一下，随后就自言自语地说，“不过，他早已过世了。”

亨顿并未听到他后面的这句话，因此又接着说：“那么就麻烦你，请你告诉汉弗利公爵一声，就说我在宫门口等他，请他出来谈谈。我是亨顿男爵的儿子麦尔斯·亨顿。你这样说，他就会知道的。”

鞭童汉弗利一听见这个名字，就答道：“是，我知道了。那么，请您在这里等一会儿，我这就去回一声。”

汉弗利就匆忙回到王宫里面去了。这时他心里想：“我把麦尔斯·亨顿这个名字奏呈陛下，试试看。如此一来，我就马上知道这个人是不是陛下让我找的人了。陛下只是告诉我要寻找的人，是一个佩剑、长胡髭的人，也不说出他的姓名和服装来。陛下的意图，也许是在考验一下我的智慧也说不定，可能就是这个家伙。不过他怎么会知道我的父亲呢？这可奇怪了。最近怎么老是碰到一些怪事，一个接一个地来呢？”

「专家解疑」

徘徊：①在一个地方来回地走。②比喻犹豫不决。③比喻事物在某个范围内来回波动、起伏。

汉弗利走了，随后有几名禁卫军走过来。这几名禁卫军盯着亨顿直瞧，由于他的服装样式又旧又脏，所以禁卫军的首领下令道：“这个在王宫附近徘徊的家伙形迹可疑，把他全身搜查一下！”

禁卫军们立刻把亨顿包围起来，全身搜索了一遍，在他衣服的口袋里面搜出一封信来。

亨顿笑着说道：“哦，这是我所保护的一个可爱的疯孩子，所写的一封莫名其妙的信。请你们不要误会，那不是什么机密文件。”

“给我闭嘴，现在我们正在调查！”军头把信封打开，把信掏出来看，他越看脸绷得越紧。许久，便用紧张的声音命令部下道：“出乱子了，又有第三个国王出现了！哦，我的老天爷，这是怎么回事，国王怎么越来越多了呢！我现在把这封信送呈到陛下那里去，你们把这个怪物看牢。总之，这件事非同小可，抓住他，千万别让他跑了！”

「名师点拨」如今亨顿的遭遇就像是汤姆最初的遭遇一样。而军头看到信后，为什么会有这样的表现呢？

「专家解疑」非同小可：形容事情重要或情况严重，不能轻视。

军头这样吩咐后，就跑进宫里去了。禁卫军马上拿出绳索，把亨顿绑了起来。

亨顿也只好任凭他们摆布了，心想：“啊，这下可完蛋了！我尽管曾经解释了这封信是一位疯狂少年写的，还是没有用。可能我和那孩子都犯了不敬罪，要被关进牢里去，搞不好还要被判绞刑哩！然而，那孩子现在还不知道在什么地方，这样反倒好些……汉弗利公爵为什么还不来呢？不过，来了也没有用，已经完蛋了！”

此刻，少年汉弗利已经急急忙忙地从宫门口跑出来了。不过，亨顿看见刚才那个禁卫军军头飞快地追赶汉弗利，直往这边而来，亨顿心想，这下完了。

谁知道军头跑回来后，大叫道：“弟兄们，把这位武士的绑绳松开，快点，快点！把剑也还给他。”

「名师点拨」亨顿没有等到汉弗利公爵，心里难免会产生不好的念头，但是军头的话语却完全出乎了亨顿的意料。

亨顿觉得这种情形大大地出乎意料。随后，军头又很客气地向亨顿说道：“请您随我一块儿到宫里去。”

这时，迟了一步的鞭童汉弗利，也说：“劳驾，请您进宫吧！”

亨顿还以为是来捉他的，但是，看到军头的态度又很客气，心里更是莫名其妙，心想：“他大概是在跟我开玩笑吧。”转念又一想：“虽然以不敬罪把我押进牢里关起来，但是也许因为勋爵打过招呼了，所以特别从宽办理也说不定。无论如何，现在我除了服从命令外，已经别无选择。”所以，亨顿就跟在军头后边走。

走进宫门以后，军头把亨顿交给了侍从们。侍从就对亨顿说：“请到这边来。”

在侍从的带领下，他走过了重重庭院，最后终于进了后面的一座大殿。

这是举行加冕典礼的第二天，大殿里面，挤满了前来庆贺的高官贵族们。亨顿简直莫名其妙，他被领着穿过高官贵族们组成的人群中间，直向国王宝座的方向走去，平素号称勇猛无畏的亨顿，这时脸色也变得苍白了。他心里不禁愤恨地想道：“莫非国王要亲自在大庭广众面前，来审判我和那孩子的不敬罪吗？我原本是想告修一状的，现在我自己反而变成罪犯了！”

亨顿大感自己运气不好，所以已经不抱什么希望了。当他闭着眼睛，决心听天由命跪在侍从们所指定的地方时，殿里非常安静，忽然听见宝座上传来威风凛凛的声音：“麦尔斯·亨顿，抬起头来！”

惊慌失措的亨顿战战兢兢地抬起头来，仰视着眼前的新国王。

「好词好句」

出乎意料

别无选择

*亨顿还以为是来捉他的，但是，看到军头的态度又很客气，心里更是莫名其妙，心想：“他大概是在跟我开玩笑吧。”

*亨顿简直莫名其妙，他被领着穿过高官贵族们组成的人群中间，直向国王宝座的方向走去，平素号称勇猛无畏的亨顿，这时脸色也变得苍白了。

「专家解疑」

大庭广众：人很多的公开场合。

一看，吓得魂不附体。啊！这位国王的相貌！竟然跟我所要寻找的那个孩子的相貌一模一样！那个梦想着当国王的孩子，不会变成真正的国王了吧？这真是怪事！不对，不对，哪里有这种事情呢！可是，越看越像！况且，就算是我一个人在做梦吧，那么，在这大殿上的高官贵族们，不都是实实在在的人吗？由此可见，并不是在梦中。

「名师点拨」亨顿一直以为王子是在说疯话，如今事实摆在面前，亨顿感觉到自己在做梦。

亨顿再仔细地看了看国王，只见国王从宝座上俯视着亨顿，好像很高兴似的，可是并没说什么，只是在那里微笑不已。亨顿再看了看，暗中下了决心，便不顾一切地走到旁边，抓起一把椅子，拿到原来跪着的地方坐了下来。

“你这个不懂规矩的家伙，怎么能在国王面前坐下？”

他的行为招来很多骂声，还有几个人盛气凌人地走过来，想把他拿下。

「专家解疑」

盛气凌人：傲慢的气势逼人。

功勋（xūn）：重大的贡献，特殊的功劳。

国王突然出手拦阻，并大声说道：

“住手。大家不得对他无礼，是我特准他坐下来的。”

大家又大吃一惊，慌忙离开亨顿身旁。国王接着宣布道：

“大家认真听着，这位是武士麦尔斯·亨顿。当我在流浪的时候，他曾用他的长剑和他的全部精力，救了我几次性命，一直保护着我，他是一个大忠臣。有此功勋，我已经亲自授他以伯爵职位。此外，我还授他和他的子孙以特权，在国王面前可以坐下。还有，现在我判决此人祖先所有肯特郡的庄园，今后应归麦尔斯·亨顿所有。”

「好词好句」

如梦初醒

手足无措

*过去的一切，如今证实都是真的了。我总以为他是个疯子，原来他真是个国王。

听完这一番话，亨顿如梦初醒，开心得有些手足无措了。他心想：“过去的一切，如今证实都是真的了。我总以为他是个疯子，原来他真是个国王。他封的伯爵，也是真的；他赐的特权，也是真的。”

亨顿知道了这一切都是真的以后，慌忙把椅子送还原来的地方，再次跪在国王面前，泪流满面地奏谢国王道：“陛下。承蒙陛下赐给殊荣，亨顿感激之至！”

于是全体大臣们都报以热烈的掌声，为勇士麦尔斯·亨顿庆贺。

「名师点拨」爱德华早就认识到修·亨顿爵士的所作所为，所以在一切安排好之后的第一件事情就是惩罚罪有应得的修·亨顿爵士。

国王等待掌声过后，看着站在贵族最末席的一个人，命令卫士道："站在那里的修·亨顿爵士，是个阴险恶毒的人，先把他关进监狱里去，听候判罪。"

"是，遵命！"修·亨顿没有赶上昨天的加冕典礼，今天才进宫朝拜，眼见当场的情形，心惊胆战。本来想逃走，但为时已晚，卫兵们听到命令，马上把他绑起来送往狱中去了。

「专家解疑」心惊胆战：形容非常害怕。

此刻，少年汤姆·康蒂穿着华贵服装，在侍童的带领下，从另外一个门走进来。当汤姆跪在宝座前面的时候，国王用很温和的声音说道："汤姆，关于你的一切行为，我已经看到大家的详细报告了。你非但无罪，反而有功，你心地善良、人格高尚，是一个难得的人才。你替我把国家治理得很好，以后你还是永久留在我身边，担任我的顾问吧！关于孤儿院的改良和其他很多问题，我还要征询你的意见呢。我已亲眼看到了民间很多需要改善的事情，民间的疾苦，你比我知道得更清楚。以后用你的地方很多，我们共同来建立、健全政治吧……你找到了你的母亲和姐姐们了吗？"

「名师点拨」经过这一番的磨难，爱德华也变得更加成熟起来，也清楚了自己存在的不足，并且懂得用行动来弥补。

"是，都找到了。"

"哦，这就好了。你们找一个舒适的房子住下，给她们一个幸福的生活。她们母女三个人，都是善良贤惠的女人。还有关于你父亲的罪恶，不，还是等我跟你商量了以后，从宽处理吧。"

之后，国王又对汤姆·康蒂和麦尔斯·亨顿说道：“汤姆、亨顿，今后可有你俩忙的了！关于赏罚的问题，我得跟你们好好商量一下。但是，我感觉赏者需重赏，罚者当从轻。我们将以最大的努力，尽快重新修改英国的法律。”

哈弗特公爵见国王只顾和汤姆、亨顿两人谈话，却忽略了各位大臣，便插进嘴来发表意见：

“没错，陛下，实行仁政尽管是大势所趋。然而，关于改定法律的问题也不必太矫枉过正。对于当前的法律，人民并没有多少不满，也没有人认为有失当之处。”

少年国王爱德华六世，此刻闪耀着明亮的眼神，用洋溢着热情的口气说道：“对于人民的痛苦和不平，你们怎么会知道！真正知情的，只有我和我的人民！”

「名师点拨」

经历了一个巨大的误会被逐出宫门，在社会上遭遇了人们的奚落，甚至是暴力，被约翰一路追捕，差点死在疯神父的刀下，这段经历过去之后，王子也体会到了社会的艰难，了解了人民的疾苦，也让他成了一个开明的君主。

名家品评

王子回来了，而汤姆内心的纠结也停止了。汤姆顺利地交出国王的位置，也正是自身高贵品格的体现。全书结束，所有人的身份都回到了真实。王子成了国王，汤姆也得到了国王的信任，亨顿武士也同样获得了国王的奖赏。最后一句话是全文最重要的思想的表达：对于人民的痛苦和不平，你们怎么会知道！真正知情的，只有我和我的人民！

阅读思考

1. 汤姆成功加冕为国王了吗？
2. 最终谁成功当上国王了呢？
3. 汤姆最后的结局是怎样的呢？

重点测试

一、填空题

1.《王子与贫儿》的作者是__________，美国人。故事讲了一个衣衫褴褛的贫儿__________和王子__________戏剧性地互换了服装和身份。

2. 当王子出现危险时，每次都是__________的出现为王子解围。

3. 王子在摆脱__________和__________的追踪时，差点被神秘老人杀害。

4. 汤姆当上国王之后，废除部分__________的法律和刑罚，颁布了一些合乎情理的命令。

二、选择题

1. 王子与贫儿是以 19 世纪的（　　）为背景。

A. 英国　　B. 美国

C. 德国　　D. 法国

2.（　　）在森林中把王子从神秘老人手里救了下来。

A. 约翰　　B. 雨果

C. 哈弗特　　D. 亨顿

3. 王子和贫儿最后成了（　　）。

A. 朋友　　B. 敌人

C. 陌生人　　D. 师徒

三、判断题

1. 王子的名字叫汤姆，贫儿的名字叫爱德华。（　　）

2. 王子和贫儿是同一天出生的。（　　）

3. 贫儿出生在一个名叫“垃圾巷”的肮脏小巷里面。（　　）

四、简答题

1. 仔细阅读《王子与贫儿》，简述对贫儿和王子的理解。

2. 阅读本书，浅谈自己的想法。

答案

一、填空题

1. 马克·吐温　汤姆　爱德华

2. 亨顿武士

3. 约翰　雨果

4. 残酷

二、选择题

1. A　2. D　3. A

三、判断题

1. ×，王子的名字叫爱德华，贫儿的名字叫汤姆。

2. √。

3. √。

四、简答题

1.（意思对即可）贫儿是一个善良、真诚而博爱的人，他追求着属于自己的自由。从贫民中走出来的他，有着健康、朴素的人民生活赋予他的善良、正直和对苦难的同情。汤姆以一颗“贫儿”而博爱的心释放了那些被愚昧和残酷的法律冤枉的平民百姓，并颁布合乎民意的法令使国家步入一个更加稳定的状态。

正当汤姆在学着如何处理宫廷政事时，真正的王子爱德华却被愚昧无知的市井之徒欺凌和嘲讽着。他目睹着人民生活的艰难，亲身体验着荒谬法律的残酷。他在遭受到他的子民的攻击和嘲弄时，他没有责骂，而是想“我将来做了国王以后”，他的胸怀，足以叫我们敬佩。

2.（意思对即可）用心去体会故事当中每个人的感情，感受他们的苦难，经历他们的遭遇，学习他们的单纯、坚毅。我们无法驱逐心灵的黑暗，但我们可以在心里点燃一盏希望的灯，照亮我们心中的每一个角落。

我们每个人都有自己的生活，千万不要因为迁就别人而丢掉自己，只有属于自己的生活才是真实、美丽的。换句话说，我们每个人都有属于自己的精彩。